U0030769

《咒怨》團隊監製電影原著小說

恐懼罐頭

Tin of Fear

每個罐頭提供口味不一的恐懼，保存於購買者腦中，
賞味無期限，食者生死自負，售出概不負責。

不帶劍skypoem——著

目次

第一罐　按摩師

他一摸肌膚就可以分辨客人是誰，今夜他摸到兩個熟客的腿，卻是接在不認識的光頭怪客身上……

桃園，被遺落在城市外的小巷子，小巷子裡的老舊按摩店，門口懸掛的招牌，有氣無力地閃爍著，就像這附近的居民一樣，大家每天也都只是在過日子而已。

我是一位按摩師傅，也是這家按摩店裡唯一的按摩師傅。

我高中畢業後就在這家按摩店工作，一路從學徒做起，二十幾年來，按摩過幾千隻腳，有不少我光摸腳就認得出是誰的熟客，甚至能猜出他昨晚吃了什麼、今天心情好不好、最近性生活美不美滿之類的生活瑣事。透過與他們的肌膚筋骨接觸，某些時候我真的以為，自己是他們生活中不可或缺的朋友，時不時與他們漫談閒聊、分享彼此的心事。

但漸漸發現，這顯然只是個美麗的誤會，當一間間外掛時尚裝潢、內建辣妹美容師的護膚業興起之後，那些熟客都變得不太熟，什麼按摩技術、經驗技巧，在青春的肉體面前根本不堪一擊，店裡的生意一落千丈，按摩師紛紛出走，找尋其他能夠餬口的工作，到最後只剩下我和老闆兩個人，相依為命地守著這家店。

我不是念舊，只是對我來說，按摩就是我的人生，而人往往無法選擇自己的人生，所以生活是舒適或辛苦都沒關係，日子還過得去就好。我的年紀已經不小了，老闆則更加年邁，我們坐在客廳邊看電視，邊等待幾乎不存在的客人，老闆頭歪歪地雙手交叉在胸前，畢竟年紀大了，一不注意就會打起瞌睡。

我用手撐著下巴，百無聊賴地看著電視新聞。這幾天最火紅的新聞，剛好就發生在桃園，一名清潔隊員在清掃山區馬路時，發現了好幾包裝有屍塊的大黑垃圾袋，裡頭的屍塊亂七八糟的，有手、有腳、有頭，而且不只是一個人的屍塊，警方拼湊起來發現，被害者是一男一女，更玄的是，竟然找不到他們之間有任何關聯性，於是，全案朝向隨機的變態分屍殺人魔方向偵辦。

「媽的，這社會真的有病。」

我喃喃自語，但這在鬼島上，應該也只能算見怪不怪，生存在這種病態的社會裡，那傢伙想必患了什麼身不由己的疾病，活脫脫的一條可憐蟲。人生嘛，還不就是混口飯吃。我聳肩，默默寄予他可有可無的同情。外頭的雨下得很大，就像颱風夜那樣的糟糕天氣。

今晚大概不會有客人了吧！我心想，看著門上懸掛的時鐘，距離十點的打烊時間只剩下二十分鐘，我還在思考要不要叫醒老闆，說服他今天提早收工時，門外突然傳來了聲響。驚醒打盹的老闆，我也立刻打開了門。

「我要按摩。」門口一名高大的男子沉著嗓子說。

竟然是客人，還是個奇怪的客人。

明明是八月，正值夏天，他還穿著長袖毛衣，把自己包得密不透風，晚上九點多了，卻戴個墨鏡、頂著的大光頭，臉上未遮掩的累累刀疤，讓我直覺這傢伙並非善類。不過，所謂「有奶就是娘、有錢便是爺」，服務業的精神正在這裡，我依然拉開了笑臉，熱情地招呼他。

「請問是要腳底按摩，還是肩頸按摩？或是要全身按摩呢？」

「全身。」他不假思索。

「好的，來！裡面請！」老闆見到客人上門，整個精神都來了，彷彿年輕十歲一樣，充滿活力。

「加把勁啊！我等你關門。」老闆低聲跟我說道，我比了個「沒問題」的手勢。

昏黃的按摩室內，他脫掉鞋子，換了浴袍式按摩衣，我讓他躺上按摩床，幫他蓋了小毯子，我雙手塗滿精油，從他的左腳掌開始按摩。

「力道如果太大或太小，再麻煩跟我說喔！」我提醒他，他鼻子哼了聲當作回應。我按摩的雙手，卻傳來了異樣的感覺。

是小玲。

小玲是一個在外商公司上班、快三十歲的小姐，大概每兩個月就會來光顧一次，她總是抱怨上班很累、腳很痠，要我多用點力，每次按摩一節四十分鐘下來，總是按到我滿頭大汗，讓我對於「錢歹賺」這件事，有著莫名深刻的體認。但我怎麼會在這個光頭刀疤佬的左腳上感受到小玲呢？懷著詫異而困惑的心理，我就著昏黃的燈光，多看了他的左腳掌一眼，不舒服的感覺頓時油然而生。

小小的腳掌，微微透著青筋的白嫩肌膚，從我二十幾年的按摩經驗看來，可以斷定那是一隻年輕女人的腳。而透過精油，我與那隻腳的筋脈、肌膚、骨骼，作了柔軟綿密的接觸，我完全無法否認它該是小玲的腳掌，卻極度詭譎地接在這個光頭怪男腿上的事實。

腿？

我心念一動，摸上了他的小腿，沒有扎手的腿毛，粉嫩光滑的程度，依然是不可思議地像極了女生的小腿。或者說，像極了小玲的小腿。應該是錯覺吧！可能我今天實在是太累了吧！我嘴角自嘲地撇了撇，到底是說什麼也不甘心，自己二十幾年的經驗，竟然會發生這麼大的失誤。誰說光頭男就不能擁有漂亮美腿的？我決定不再胡思亂想，定下心來繼續幫他按摩左腳掌，輕重適當的力道，似乎相當合他的意，不過才幾分鐘的時間，他的呼吸已沉，甚至發出了低低的鼾聲。客人安穩的酣睡，總是讓按摩師有種成就感，我微微一笑，輕輕放下他的左腳，改扶起他的右腳掌。

然後我差點嚇到放開了雙手。

我的心臟劇烈地砰砰跳著。我敢發誓現在我手中的、他的右腳掌，跟剛剛放下的左腳掌，絕對不是同一個人的。剛剛那隻像極小玲的左腳掌，是那麼白嫩纖細，而我手裡這隻，卻寬厚肥壯、毛孔粗大、膚色黑沉、過長的腳指甲藏汙納垢，是標準的中年男子腳掌。不需要二十幾年按摩經驗，任何人都能用肉眼察覺，這個光頭佬非常不對勁。

這傢伙的雙腿上，竟連著不同人的腳掌！

我驚嚇地幾乎合不攏嘴，按摩二十幾年來，第一次遇到這樣讓人頭皮發麻的事情，正當心亂如麻，不知如何是好時，他原本穩定的鼾聲，突然頓了一下。我的心也跟著震了一下，連忙又繼續手邊的按摩工作。抹油、揉捏、指壓、骨滾……，彷彿什麼事都沒發生似地繼續按摩著，而他的鼾聲總算又低沉地繼續。像是解除警報似地，我鬆口氣，看著牆上的時鐘，按摩時間只剩下二十幾分鐘，我決定不管三七二十一，就是埋著頭撐完這節就對了。

於是，我對那兩隻壓根不能配對的腳視若無睹，我也不再去想這隻右腳，是不是很像中壢水電工阿海的腳，總之，什麼都不管地繼續我的按摩，一切都很順利，直到我看見了那圈縫線。

在他右腿膝蓋上方五公分，有一圈相當粗糙的縫線，就像隨便拿根縫衣針，將一條腿與身體下部縫了起來，縫線兩邊膚色黑白分明、粗細更明顯不同，可以斷定是一男一女身體部位的縫合。

我想起了剛剛才看的新聞，桃園山區發生的分屍命案。六神無主的我，悄悄掀開他的浴袍按摩衣，裡頭的身體滿佈著粗糙的縫線，這個身體彷彿是由一男一女的肢體胡亂拼湊而成。我不知怎麼描述自己的震驚，但當他鼾聲又停頓的瞬間，我立刻又扶起了他的右腿，準備繼續按摩。可能是因為恐懼而造成力道失控，又或者是因為其他無法解釋的力量，總之我的手中突然多了一隻右腿。

具體的說，我將他的右腿「拆」下來了。

沿著縫線，斷口處滴滴答答地淌著鮮血。我的腦袋只有一大片的空白。

他的鼾聲竟然還在繼續。

待會他醒來，會怎麼報復我？

我這個想法才出現沒多久，手裡竟然又多出了他的一雙左右前臂。我不知該怎麼解釋，拆下他雙手的瞬間，我大概是抱持著這樣的想法：「就算他醒來要報仇，失去雙手也不可能有辦法攻擊我吧！」我微微喘著氣，感覺像氣管長刺一樣地呼吸困難。眼前的場景是，他依然躺在按摩床上，他的兩隻前臂、一隻右腳，被我拆下丟在地上，整張床溢滿了鮮血，戴著墨鏡的他卻依然打呼酣睡，表情一副等待繼續按摩的平和模樣。我僵在原地，不知一切該如何收尾。

他這樣會不會死？我變成殺人凶手了嗎？這樣算犯了傷害罪嗎？好像真的是我拆了他的手腳耶？我會被關嗎？我要賠他多少錢？我哪裡有錢可以賠他啊！腦中一片混亂的衝突，而按摩室外老闆的咳嗽聲，將我拉回現實世界。

我瞄了一眼，還剩下十分鐘的按摩時間，便逕自將毯子攤開，覆蓋住他全身後，走了出去。

「老闆，你先回家好了！門我再自己關。」我強自鎮定地擠出笑容。

「啊？不是剩下十分鐘而已？」老闆一臉疲倦茫然。

「對啊，不過客人說很舒服，想要加時，也不知道要到多晚，老闆你就先回去吧！」我瞎掰。

老人家就是這樣，時間一到就想睡覺，所以老闆聽我這樣說也樂得開心，簡單交待幾句後，就騎上那部跟他一樣老舊的機車回家去。整家店只剩下我和他，以及滿室的血腥狼藉，還有那離奇未斷的鼾聲。我沒有思考太久，畢竟眼前的狀況，根本就是讓人走投無路，我以下要做的，或許就是唯一可行的辦法。

湮滅這一切，然後跑路。

我腦中運轉著自己看過的B級凶殺電影情節，以連我自己都驚訝的熟練度，將他的身軀一塊塊拆解，連同那塊染滿血的毛毯，收進一個個大黑垃圾袋內，用抹布、拖把跟報紙，擦拭掉床上與地上的血跡，不到一個小時的工夫，整個按摩室竟然像什麼事都沒發生過一樣。

看著打掃得差強人意的犯罪現場，我略感欣慰，而唯一讓我不自在的，是他那顆戴著墨鏡的頭顱，竟然還在垃圾袋裡打呼。但從拆下他的右腳開始，心跳就猛高於均速的我，根本無法思考那麼多，只能按照我那個倉促而混亂的計畫，趁著深夜接近十二點、小巷內幾無人煙，我將大黑垃圾袋一個個丟進轎車的後座，再確認一眼已經看不出任何異常的按摩室後，我駕著裝滿「他」肢塊的垃圾袋離開。

我不知道該往哪裡去，這個夜晚已經太過瘋狂，我喪失了依照常理或理智判斷的能力，漫無目的地開著車，路上任何車輛或行人，甚至沿途經過的商家，都會讓我疑神疑鬼地感到害怕，更別說三更半夜裡神出鬼沒，攔查酒駕的警察了。

所以，我一直朝著沒有人群的地方去，心想越偏僻越冷清越好，然後不知不覺開到了沒有路燈的深山野嶺裡。我將車停在路邊，整條蜿蜒的山路，只有我車燈的光亮，四周靜得沒有一點聲音——除了隱藏在垃圾袋中，那不曾停歇過的沉穩鼾聲。

前不著村，後不著店，這裡根本就是完美的棄屍勝地！

於是，我找了一堆比人還要高的野草叢，將後座那幾大包黑色垃圾袋甩了出去，一包包都淹沒在漆黑的草堆中。我頭也不回地往車上走，在關上駕駛座車門之前，我確信耳邊依舊清楚聽見那個縈繞不去的鼾聲。**於是我再次下了車，走近那包著他頭顱與身軀的大黑垃圾袋，解開它，他的頭露了出來，昏暗的月光下，依舊是酣睡的神情。**

我伸手，用力將他的脖頸一把擰斷，就像關掉了不受歡迎的廣播頻道般，我感受到突然安靜的美好。

那晚我回家，收了簡單行李，到加油站將車加滿了油，連夜離開了桃園。新竹、苗栗、台中、彰化……，我一路南下，夜越深，離開那些惡夢般的垃圾袋越遠，我的心跳才漸漸慢了下來。

沒事的，一切都會沒事的……

後來，警方在桃園山區又找到兩名受害者的屍塊，用大黑垃圾袋分裝著，發現時，甚至還被流浪狗咬破垃圾袋啃食，慘不忍睹。但那個分屍殺人魔一直沒有落網，而台灣社會是善於遺忘的，當媒體輿論不再關注之後，漸漸地，這件案子也就沒有人再提起。

我在屏東落腳了好幾年之後，由於擁有一技之長，我找到了一份穩定的按摩工作，換了新綽號，跟著新老闆，過著自己的新生活。又是一個滂沱大雨的夜晚，按摩店生意冷清，老闆早早就回家打麻將，只剩下我一人等待打烊關門。我無聊地看著電視新聞，那個早已被大眾遺忘的隨機分屍魔，用他冷酷的隨機、殘忍的分屍，再次攻占了媒體頭條，而他這次選擇的犯案地點，是在距離桃園遙遠的屏東，目前已經出現了三名受害者，同樣找不出任何的關聯性。

「這傢伙怎麼陰魂不散啊？我走到哪兒就跟到哪兒。」我皺眉，喃喃地抱怨著。門外突然傳來了聲響，我連忙起身開門。

「我要按摩。」是客人，而且是一個奇怪的客人。

一名高大的男子站在門外，明明是八月，正值夏天，他卻穿著長袖毛衣，把自己包得密不透風，晚上九點多，卻戴個墨鏡，頭頂大光頭，臉上滿佈著毫不遮掩的累累刀疤。

是他。

「歡迎光臨！」我拉開笑臉迎向他。

——沒關係，這次我知道該怎麼做了。

第二罐　禿頭

人生勝利組的小陳，卻是個禿頭，他戴著一頂宛如自然天成的假髮，沒想到卻被人一眼拆穿。

地球表面有百分之七十一是海洋，而剩下的陸地，現在也有百分之七十一以上，都陷入了動亂的火海中。烽火連天，鎮日的兵燹，讓白天黑夜喪失了意義，這是場沒有一時一刻、一國一民能倖免於難的世界大戰。

每個國家都被飛彈炸得亂七八糟，漫無邊盡的森林大火，從開戰時起就沒有止歇過，如果從外太空看向地球，原本美麗的藍色行星，被戰爭殘害地滿目瘡痍，歐亞大陸、非洲大陸、北美洲、南美洲……，遠遠地看著那些廣袤毀敗的光禿陸地，竟然像極了一顆顆的地中海式禿頭。

原來人類就是這樣滅亡的啊——如果將來還有生存者的話，他心裡想必會這麼感嘆吧。

☠

我是小陳，靠著亮麗的學經歷，以及突出的外語能力，才三十四歲，就在信義區擁有七坪大的個人辦公室，出門代步的是歐洲進口車，交往不到一年的女友，是兼職平面模特兒的大學生，一言以蔽之，我勉勉強強算得上是所謂的人生勝利組。

除了頭上那頂德國手工製作的假髮之外。

大學畢業後，我面對工作與證照考試的雙重壓力，好勝心同時成了我最大的優勢與弱點，我每天晚睡早起，拚工作績效，更拚命地準備考試，過著常人無法想像的苦行生活，皇天不負苦心人，幾年後，我終於達成自己預設的目標，但也同時失去了那些黑色的茂密頭髮。

起初，我對掉髮不以為意，認為那是承受壓力的正常副作用，而當我發現事情不對勁時，光禿的頭頂已經在鏡子裡對著我笑，笑得我心底發寒。

「髮根都被破壞了，無法再生了！」門診醫生揮了揮手，表示沒救了。

「醫生，你確定嗎？我還這麼年輕耶！」我不死心地追問。

「我也還很年輕啊！」年紀和我相仿的醫生聳聳肩，竟然就一把抓下他頭上的假髮，露出了圓亮的地中海。我錯愕地愣住，被醫生突如其來的舉動嚇了一跳，不過還真的，完全看不出來他有戴假髮。

「來！不用害羞，摸摸看！德國百年工藝，自然美觀、透氣舒適，現在買還有打折喔。」醫生熱情地展示他的假髮，順便塞了一張假髮店家的名片給我。

「人總是要面對現實的。」醫生給了我一個友善的建議。

我想醫生講得有道理，強如某ＮＢＡ球星年收幾千萬美元，到頭來還是得虎目含淚地剃光頭一了百了，我區區一個上班族，還在執念什麼呢？

於是，「瑤瑤」入手了，我以初戀女友的暱稱，為那頂價值不菲的假髮命名，期許它永遠都跟她一樣，那麼的純潔、美好，令人懷念。「瑤瑤」跟我沒有所謂磨合期的問題，我們像是天生絕配的情侶一樣，一拍即合，戴上它之後，我又恢復了昔日的自信，

改頭但沒有換面的我換了家公司、換了FB大頭照，甚至換了個女朋友，一切重新開始，人生漸漸變得多采多姿。但人總是有獨處的時候，而那時候的我會格外脆弱。每個禮拜我總會保留兩個獨處的夜晚，沒有應酬、沒有加班、沒有女友，只有剛下班的我回到公寓，在長身鏡前一件一件地脫去領帶襯衫，最後，將「瑤瑤」小心翼翼地取下。這時鏡中赤裸的我，才是最真實的自我。有了「瑤瑤」之後，我就隱藏住真實的自己，沒有人知道我那個祕密地中海，就連和我最親密的女友也不例外。這是一種病，我得了無法坦白的病。如果可以的話，我希望永遠隱藏住這個哀傷的祕密。

那天早晨的天氣很好，我決定散散步，於是搭了捷運去上班。出了捷運站，我走在有著薄薄綠蔭的人行道上，路邊一個拿著傳單的中年男子，招手向我搭訕。

「哈囉！帥哥，哈囉！」

「抱歉，我沒有愛心，所以不需要愛心筆。」我沒有停下腳步，冷酷的回應證明自己的確沒有愛心。

「你不只沒有愛心，你還沒有頭髮。」他在我後頭冷笑。

戴著整理一個晚上、狀態堪稱完美的「瑤瑤」的我，嚇了好大一跳。

「禿頭的痛苦我懂，哎，誰想每天戴著這個刺刺癢癢的玩意兒？」他一邊說，一邊豪邁地取下假髮，竟是一顆清爽的U型禿。

「你怎麼會知道我……我那個……」我吞吞吐吐地，畢竟，還是很在意「瑤瑤」的祕密身分被識破。

「那個不重要啦！」他得意洋洋地咧嘴笑著，**「重點是，禿頭的人馬上就要得救了！」**

他塞了張傳單給我，上頭斗大的彩色印刷標題「終結禿頭」。

「今天晚上七點半，記得要來喔！」發放完傳單的他也懶得再搭理我，忙碌地又繼續在街頭搭訕其他路人。

我將傳單摺好，收進到公事包。

我一整天上班都心神不寧。放在辦公桌上的那張傳單上這麼寫：**「你有多受**

不了自己的禿頭？你對禿頭有多絕望？給自己一個機會，勇敢地向禿頭告別。非營利、非詐騙、全程免費，現場備有精緻點心，難得的福音分享，名額有限，不要等到你朋友脫離禿頭之後才懊悔！我們要幫助的人，就是你！」我看著上頭說明會的地址，距離公司不過兩個捷運站。

哼！這直銷手法也太粗糙了吧，好歹也派個辣妹來發傳單啊，隨便找個大叔也想騙我上當，嘿嘿。我聳肩，將傳單揉成一團丟進了垃圾桶。

晚上七點半，「終結禿頭」說明會會場。口嫌體正直地提早半小時到場的我，手裡拿著皺巴巴的傳單，坐在第二排的好位子探頭探腦。偌大的禮堂，大概坐滿了四、五百人，其中像我這樣還堅持戴假髮的算少數，大部分人都心照不宣地坦誠相見，也為會場平添了不少亮度。沒多久，說明會的主持人上台了。

穿著西裝筆挺的他，大概四十來歲年紀，卻已只剩耳朵後側的灰捲頭髮，臃腫的身材遠遠看與柯南中的阿笠博士倒有幾分相像。

「啊！是X大的劉教授！」阿笠博士還沒開口說話，坐在我左前方的一位歐吉桑就先驚呼。我皺眉，聽歐吉桑這麼一說，我似乎在政論節目上看過這位X大學的劉教授，似乎是法律領域的專家，他竟然會來當這次說明會的主持人，我不禁對傳單上文宣內容，大大地增強了信心。

「大家好，我是X大法律系的劉教授，我也和大家一樣，長久以來，對於自己的頭髮問題耿耿於懷。」在這樣的場合，劉教授倒是沒有隱瞞自己身分的意思，「今天很高興各位能夠前來與會，和我們共同被選定為世界上最幸運的一群，讓我們以熱烈的掌聲，歡迎今晚蒞臨現場的貴賓！」

隨著一位位西裝筆挺、穿著正式的來賓從後台走出，底下的觀眾連同我在內，都無法克制地鼓譟騷動起來，台上排排站著的，有政界明星與大老、立法委員、金融鉅子、外科名醫、知名律師……，每一位都曾多次登上媒體版面，享有社會高知名度的菁英份子，而今天，他們為了同樣的困擾、同樣的信念，全部都站了出來。幾十位在社會上有著舉足輕重地位的來賓，他們和台下的我們一樣，在會場充足的燈光之下，頭頂都發著亮光，彼此互相輝映。觀眾的騷動漸漸少了，取而代之的，是寧靜的、無法自已的感動。

原來，在這個世界上，我們並非遺世而獨立。

觀眾的情緒，隨著來賓的現身說法，不斷地高漲，每個人都異常興奮，而整場說明會的最高潮，壓軸的特別來賓，演藝圈重量級大哥的登場，全場觀眾卻突然像被潑了桶冷水一樣鴉雀無聲，因為綜藝大哥的頭髮是那麼濃密，與現場的所有人那麼格格不入。

「抱歉，還是有點不習慣。」綜藝大哥歉然地笑笑，伸手拿下了他的假髮。觀眾在螢光幕前，看他說笑逗唱了十幾年，卻從來沒有見過他現在禿頭的模樣。

全場沸騰。

「誰說人生而平等？當我們努力了大半輩子，以為自己什麼都得到了之後，卻失去了自己最重要的頭髮！」一名上市公司的董事長說得聲淚俱下。

「我不喜歡被人嘲笑頭髮！非常厭惡！」一名退役上將聲色俱厲地說。

「當兒子埋怨說，是因為遺傳到我，所以才會掉頭髮時，我的心裡真的很難過。」一名政黨大老神色黯然。

聽著他們的人生，原來在光鮮亮麗的背後，每位都有自己不為人知的辛酸故事。我聽著聽著，不自覺地紅了眼眶，偶然瞥見我右後方的聽眾也在感動拭淚，赫然發現他就是推薦我買假髮的醫生，他友善地對我點點頭，我們交換了泛淚微笑的溫暖心意。

「時間過得很快，我們的說明會已經到了尾聲。」主持人劉教授站在舞台中央，「現在要跟各位說明，今天邀請大家前來的最重要目的。」

全場突然安靜地沒有一點聲音，因為大家屏氣凝神，都想知道這樣冠蓋雲集的非凡場合，到底要傳達什麼驚人訊息。

「大概在近五個月內，我們這次共同舉辦說明會的三十七位夥伴，都感應到『祂』的訊息。而不只台灣，就我們所掌握的資訊，世界各國都有為數不少的人跟我們一樣，在最近有了神奇的感應。」劉教授說著，一副嚮往崇敬的神色，「有人透過夢，有人透過神祕的書信，有人則是心底突然響起了聲音，『祂』用各式各樣神奇的方式，要我們將福音再傳播出去，宣揚到世界的每一個角落。」

「『祂』到底說了什麼啊？」坐在第一排的歐吉桑忍不住站起來大聲問道，旁邊的觀眾也隨之騷動。

「『祂』說，今年的九月九日之後，世界上將再也沒有禿頭！」拿著麥克風的劉教授大聲地回應他，全場嗡嗡地迴響著這句氣勢磅礡的預言。

「距離九月九日的神聖日子，還有二個多月，請各位依照『祂』的指示，每天找一個能夠看到天空的地方，向天空至少祈求一小時以上，祈求『祂』的降臨。另外，也請各位每天都要保養清潔自己的禿頭部分，那可是未來神蹟展現的所在！」劉教授高舉手臂，如同一名慷慨激昂的佈道者。

「九月九日，晚上八點整，身為台灣區的上選之民，請各位務必要到101大樓頂樓，讓我們一起見證神蹟，見證改變歷史的時刻！」綜藝大哥也跳了出來，同樣高舉著手臂。

「終結禿頭！終結禿頭！」第一排的歐吉桑，熱血澎湃地振臂高喊。

「終結禿頭！」

「終結禿頭！」

「終結禿頭！」

「終結禿頭！」

「終結禿頭！」

「終結禿頭！」

「終結禿頭！」

「終結禿頭！」

「終結禿頭！」

「終結禿頭！」

會場數百人的吶喊、數百人的信念，成了強大無匹的音浪，無邊無際地席捲成一股狂熱的信仰，就此延燒。那晚說明會之後，在台灣不同地方，都有像我一樣的夥伴，我們不再戴著假髮，掩飾自己的軟弱，大方展現那塊涼爽光亮的肌膚，我們每天清潔呵護，時時抹油保養，從不在意他人詫異的眼光，因為我們同情他的無知，他們這樣的凡夫俗子，如何能理解我們成為上選之民的驕傲？

而我每天晚上都在公寓的頂樓，對著台北市充滿光害的天空祈願，祈願與『祂』的聯繫，神奇的是，我似乎能感受到，頭頂那塊過去最陰暗最軟弱的部分，就是我和『祂』取得聯繫的橋梁，我能夠感受到『祂』賜予的溫暖，一次又一次地浸沐著我的光禿，讓我體會到聖潔的溫暖。我流下了真誠的眼淚，見證不可思議神蹟的我，這是第一次，我深深地以擁有禿頭為榮。九月九日之後，人類終於將真正地生而平等，從此不再有髮量之分，但我會永遠記得，自己曾經有過那段禿頭的歲月。

終於，神聖之日到來了。當天是星期一，但我根本無心上班，索性請假在家進行頭頂的最後保養，出門前還用手機拍照ＦＢ**打卡：「禿頭，永別了。」**

我已經提早一個多小時到101大樓頂樓，但爆滿的人群，已經將現場擠得水洩不通，一顆顆的發亮的禿頭，輝映著星光月光燈光，整個會場顯得明亮異常。

頂樓中央搭了個簡便的舞台，主持人劉教授站在上頭帶領著群眾，今天他的頭頂抹油抹得特別光亮。各界的名人也車輪戰上台鼓舞群眾，時間一分一秒地流逝，大家雀躍期待的心幾乎就要無法壓抑。

「各位，最後三分鐘，神聖的時刻就要到了。」劉教授高舉的右手握緊拳頭，全場頓時安靜了下來。

「請各位跟著我，讓我們靜下心，準備迎接『祂』的到來。」劉教授興奮地說著：「請將你的頭頂朝向天空，朝向『祂』的位置，高舉你的雙手，集中你的精神，用你的全心全意去感受『祂』，去歡迎『祂』，去擁抱『祂』！」全場數百人都舉起了雙手，大家看著月光無垠的天空，無窮無盡的深邃天空，「祂」似乎就在遙遠的那頭，對著我們頷首微笑。

「倒數十秒，十、九、八、七……」劉教授倒數著，他的心跳疾速加快，全場數百人也一同加入了倒數，聲音宏亮，彷彿響徹了整座台北市。

「……三、二、一。」

時間到。

大家緊盯著天空，一眨也不敢眨，深怕錯過任何歷史的瞬間。天空突然奇異地一閃，像太陽高升一樣的光亮。然後，數百道的光線從空中射下，一道道都射在頂樓眾人光禿禿的頭頂上。那一瞬間，我看見了大家的禿頭都消失了。

取而代之的，是一個個降落在頭頂的小飛碟。

畫面就停留在這個瞬間，眼前一黑，我失去了意識。

小飛碟的機械腳架，毫不客氣地插進眾人的頭皮裡，運送一個個拳頭大小的白色外星人，進入到眾人的腦袋後，飛碟就紛紛拔頭升空，化作一道道的亮光飛去。當小飛碟結束作業遠離之後，數百人像斷了線的木偶一樣，「砰」一聲倒下。

幾分鐘後，或快或慢，眾人像是還不習慣自己的身體一樣，有如活屍一般，歪歪斜斜地重新站起。

「走吧！去征服這個愚蠢星球！」劉教授扭轉著脖頸，面容詭異地笑道。

第三罐　植物

阿信的手指發芽了，無法控制長出各種顏色的花。
花開得愈美，他卻愈來愈虛弱。

小時候，我住在彰化的田尾鎮，那是個充滿花香的鄉下地方。國小五年級的那個夏天，爸爸不幸車禍過世，我和媽媽搬到台北的外婆家居住，離開了那片美好的花香。如果幸福有味道，我想我會永遠記得那個鄉下，那片花香。

我叫阿信。

我沒有天團阿信的創作才華，沒有歌手信的爆發歌聲，沒有日劇阿信的刻苦耐勞，我只是個和你我一樣，每天搭乘捷運上下班、偶爾喝個星巴克、蝸居在台北小套房的普通上班族。二十七年以來，我沒談過戀愛，也沒中過樂透，甚至從某種悲觀的角度來看，這兩者有著一樣低的或然率。

英國研究發現，生活在二百五十萬人口以上的大城市，平均每天會遇到十二位吸引自己的異性，而這十二位裡頭，單身的機率只有百分之三十三，至於單身的那位，讓你成功搭訕的機率，不需要研究，也知道低得可憐。

擁擠的台北市有二百六十一萬人口，他們日日夜夜在街頭來來去去地擦肩而過，卻依然是一個個疏離的陌生人，緣分始終是那麼可遇不可求。

追本溯源，一切都是從那個傷口開始的。

剛結束晚餐的我，站在廚房流理台前，用單身男子的拙劣技術削著蘋果，一個不小心，在左手大拇指上留下一道淺淺的傷痕。不過就是個小傷口，我用清水

隨便沖一沖後，也沒再多理它，逕自無聊地在客廳吃蘋果看電視，度過又一個習以為常的夜晚。

但隔天早上起來，事情就變得不太對勁。**那道傷口竟然冒出了一根綠色的嫩芽**。短短的三公分，是某種植物的初生。

「這是什麼鬼東西啊？」我抓抓後腦，這根芽來得那麼莫名其妙，我決定向公司請假去看醫生壓壓驚。話說是要看醫生沒錯，但手指長出綠芽這種病要看哪一科，我完全沒有概念，左想右想，這根綠芽至少是長在我的皮膚上，應該勉強跟皮膚沾得上邊，所以我掛了皮膚科。

「你怎麼了啊？」戴著金邊眼鏡，年事已高的老醫生，慵懶地看著我。

「我的手指發芽了。」我據實以告。

「什麼意思？」老醫生皺眉。

我抬起了發芽的左手拇指，老醫生詫異地瞪大眼睛，用手試探性地拉扯那根綠芽，竟然扎扎實實地與我的皮膚相連。

「會痛嗎？」他問道。

「不會，沒感覺。」我搖頭。

「喔，是嗎？」老醫生露出原來如此的表情。

然後他一把拔掉了那根綠芽。

「啊！」雖然不會痛，但我還是驚訝地叫出聲來。

「沒事了，回家記得多喝開水多休息。」將綠芽隨地亂丟的老醫生，一臉得意洋洋。

結果，我們四隻眼睛就這麼眼睜睜地，看著拇指傷口又慢慢冒出了一根綠芽。

「醫生，這……這是什麼狀況？」我看著魔術般長出的綠芽，傻眼。

「我看嚴重了，必須立刻住院觀察。」老醫生皺眉，眼眸閃著已經久違幾十年、如臨大敵的亮光。

於是，我住進了八一三號單人病房，白色的病床，簡單的擺設，鄰近藍天的玻璃窗，整體上，給人明亮乾淨的感覺。不過，我是個被遺忘的病人，躺在病床上快一個下午了，不僅醫生沒有來巡過房，就連護士也沒來幫我吊點滴。

眼看著我拇指上的綠芽越長越高，甚至還長出了新的枝枒，我決定自力救濟，走出病房，想找個護士詢問。她剛好走在病房外純白色調的長廊上，綁著馬尾的白衣護士，那樣美麗的背影，恰好是我每天平均會遇到、十二位吸引我的異性之一。

「護士小姐！護士小姐！」我在她身後喊道。她略帶遲疑地回頭，看著我的眼神有些疑惑。

我看呆了。生命中有一種美好，讓你莫名悸動，彷彿這個時刻不屬於過去或未來，它是那麼地特別而獨立，不需要猜測就能明瞭，你知道自己會永遠記得這一眼，這一瞬間。

她的眼睛、她的睫毛、她的唇、她的肌膚、她動人的臉龐，在我視覺裡的分鏡慢動作播放，但我是個才能平庸的導演，無法確切地呈現出我接收的美，以及感受到的美麗震撼。

「咦？怎麼了嗎？」一定是我看她看到呆的表情很蠢，她的眼睛在偷偷微笑著。

「啊……這個……嗯啊……」我緊張地支吾了半天才想起來，「啊，這個、這個東西，我可能需要醫生……或是護士小姐的協助。」我舉起左手拇指，不僅她感到驚訝，就連我自己都嚇了一跳。

這傢伙竟然開出了一朵白色小花！

我乖乖地躺在病床上，她細心地幫我量血壓、體溫，打點滴，而當她盡職地忙碌時，我也盡力地觀察與記憶她，深怕這只是一個午後偶然的邂逅，之後我們再也沒有見面的機會。她很年輕，看起來跟我差不多都二十幾歲年紀，而我偷瞄到她別在左胸的大頭照名牌寫著：「護士文小棋」。

「沒有發燒，血壓也正常，你先休息一下，待會醫生就會過來看你了！」她親切地微笑，收拾器材準備離開。

「妳也會一起過來看我嗎？」我情急之下脫口而出。

「會啊。」她笑得更加燦爛，比著左胸的名牌，「我叫文小棋，是負責這間病房的護士，如果有什麼問題都可以找我喔！」

「喔……那這樣真是太好了呢！」我傻笑，目送她離開。

接下來的時間，我當然沒有休息，我拿出放在行李箱裡的筆電，瘋狂地上網搜尋搭訕、追求女生的資料，什麼部落格、知識家、ＰＴＴ都看了，最後自己濃縮成一個重要心得——「要讓她對我印象深刻。」我皺眉，面對這樣的困難課題。

一個多小時後，醫生總算過來巡房。

不是那位皮膚科的老醫生，而是換成一位體格高瘦，戴著木質粗框眼鏡，看起來專業許多的醫生。

「你好，我是內科的莊醫師，是皮膚科的董醫師將你轉診過來，主要是懷疑

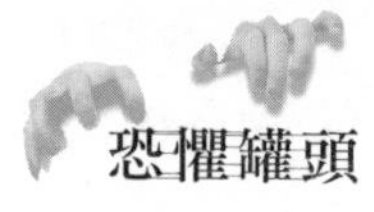

你患有內分泌方面的疾病，當然，一切我們都還是要等檢驗結果出來才能確定，目前我們已經將董醫師從你手中切除的綠芽拿去化驗，而我們也會陸續幫你安排其他檢查。」莊醫師分析地有條不紊，讓人有種安心感，跟在他身邊的護士小棋，則是貼心地幫我檢查點滴狀況。

「好的，那就麻煩莊醫師了！」我微笑。

「你有家屬來陪同住院嗎？」莊醫師問。

「沒有，我想說目前狀況都還很好，就不麻煩我媽了。」我比了個大拇指。

「好，那如果身體有感到什麼不適，再馬上跟我反應。」

「好的，謝謝醫生！」莊醫師離開了病房，而小棋跟著他一起走出病房之前，被我喚住。

「護士小姐，我點滴的針頭好像掉了。」

「咦？我來看看。」小棋拉起我打點滴的左手。

在這個善意的謊言之下，手臂的針頭當然插地好好的，但我拇指上的那朵小白花，已經長大盛開，變成一株美麗的多瓣白花，香味芬芳。她看著白花，眼睛大大地驚訝。我則是豪邁地一把將它摘了下來。

「啊！」她失聲，「你怎麼把它摘了？」

「沒關係，摘了馬上又會再長的！」我微笑，右手拇指已經又冒出了一根新鮮綠芽。

「白色茶花，它的花語是『可愛、完美之魅力』。」我將手中的茶花遞給她，「送給妳，希望妳能好好加強自己的魅力囉。」我一臉正經地跟她開玩笑。

「那還真是謝謝你喔！我會好好檢討的。」她被我逗得笑了，收下茶花，將它放進她捧著的巡房筆記本內。

「妳今天還會過來嗎？」我問道。

「怎麼了？你這麼關心我喔？」她露出俏皮的笑。

「就一般的社交禮儀來說，我送妳自栽自種、現拔現採的珍貴茶花，妳好歹也該幫我這個孤單無依的可憐病人帶個飲料回來吧？什麼翡翠檸檬還是四季春茶之類的都好啊！」我鬼扯的功力簡直一鳴驚人。

「哈！」她卻只揮了揮手，笑而不答地離去。

當天晚上，我真的喝到了跟新點滴一起由小棋送來的翡翠檸檬，那喝起來的甜度，可不是區區十幾顆方糖足以形容。而我拇指上的新芽那晚又開了小花，我卻不只聞到一種花香，而是澎湃地，彷彿從記憶深層的小時候，所湧起的滿滿幸福香氣。

於是我們成了朋友，跟所有感情的開端一樣。

她總是在來巡房時，多陪我閒聊個十幾分鐘，又或是偶爾帶來晚餐和我一起分享，甚至，我還可以不定期地吃到她親手削的水果。而我的花也越長越多，拇指的傷口早已癒合，花卻依然從我身上所有照得到陽光的部位冒出，種類也千奇百怪。

我還記得有一次起床時，鼻頭長了一朵向日葵，把小琪逗得哈哈大笑。有了她的陪伴，住院的這十幾天，我總覺得比在醫院外的日常生活還要開心許多，病房裡每天都洋溢著我們的談笑聲。但很可惜，這並不是一部電影或小說，不是那樣單純而理所當然的愛情故事。

認識她越深，我就越理解我們只能當一對無話不談的好朋友。不是她已經有了對象，而是她不再需要對象了。過去的傷害太沉重，讓她無法再鼓起勇氣，去愛或被愛。他們交往了七年多，當初她還在護校讀書，而他是個年輕有為的實習醫生，他們是彼此的初戀，也都深信著愛情的美好，以及諾言的重量。

不過，人是最溫柔，也最危險的動物，追求美好是人性最光輝，也最陰暗的一面，他不曾背叛過她，所以不知道原來背叛是那麼輕而易舉，包括承諾，包括回憶，都可以用這樣的話搪塞過去：「對不起，但妳真的值得更好的人，我祝妳幸福。」彷彿彼此只是人生中必經也必定逝去的過客一般。

「如果感情只是一段終究會結束的過程，那麼當初又何必開始？」儘管事過境遷，他甚至已經與第三者遠走美國，但她對愛情始終抱持著這樣的疑問。沒談過戀愛的我，也沒資格向她解釋說明什麼，很多時候，就只是默默當個聽她傾訴的好朋友。

那真是一道好深好深的傷口。深到我無法、也不該用任何方式去碰觸它、去打擾她。於是，我給自己劃下一個適當的界線，止於讓她快樂、一同分享快樂。

當一切習以為常之後，我漸漸地不記得自己已經住院多久了，只知道那天小棋剛好沒班，是莊醫師跟另一名女護士來巡房，莊醫師表情凝重地拿了一份厚重的病歷資料給我，向我說明檢查結果。

然後，我整整一天沒有進食，沒有說話。

關於這個結果，我需要安靜的時間與空間去思考。半夜，我悄悄地拔下點滴針頭，獨自走上醫院頂樓的空中花園，那裡的花草不多，卻有一大片的寧靜月光。我看著手臂上長滿的花卉，眼淚無聲地落下，滴在花上，一朵朵受到淚水的滋潤，登時長得更加茂盛。而我的心裡也有個決定，隱隱地茂盛起來。

幾天後，星期三午後四點，是小棋固定來病房幫我量血壓、體溫的時間。

「起床了！」她微笑地推開病房門走進。裡頭空無一人，病床上留了一張紙條。

「病房太悶，不知有沒有這個榮幸，能夠邀請可愛的護士小姐一起到頂樓空中花園透透氣？哈！我就當妳答應了，不見不散。阿信」

小棋又好氣又好笑地搖了搖頭。

文小棋從來不記得醫院頂樓的空中花園是這個樣子，美的像另一個世界般地繽紛瑰麗。迎面而來的香氣像是一陣薄霧，細細籠罩住她的視線，那是多彩而簇擁，是夢幻而洋溢：紫色、黃色、紅色、粉色、藍色……，她看見色彩以最優美的姿態，以花的身分，以鬱金香為名，在藍天之下，在午後陽光之上，滿滿溫暖地擁抱她的心頭。

頂樓，空中，一整座燦爛的鬱金香花園。她沒有說話，但沉默也無法壓抑她的心情。

花間有蝴蝶翩舞，我走近她，帶著雙手上正盛開著的彩色鬱金香。

「鬱金香，歐洲人稱它為魔幻之花，自古以來就具有一種莫名的魔力，讓人瘋狂、熱衷地深深著迷，甚至還有人傾家蕩產，只為了獲得一株稀有的球根。」我邊說，一邊從肩膀上拔起一株紅色鬱金香，交在她手裡。

「從這個角度看，我這樣的特殊體質倒是滿方便的，想要種什麼樣品種、花色的鬱金香，只要去花店買個幾包種子吞下去，在皮膚上澆點水，再曬個太陽，它們就一株株自動冒了出來。」我微笑說道，把如何建構這座花園，說得輕而易舉。她依舊是沉默，汪亮的雙眼彷彿能滴出水一樣。

「妳聽過鬱金香的故事嗎？」我問道，又摘了一朵左臂上紫色的鬱金香給她。她搖了搖頭，看著她手中擁有的兩束鬱金香，以及為她盛開的整座花園。

「傳說在古歐洲，有一位美麗的女孩，同時受到三位英俊的騎士愛慕追求。其中一位騎士送了她皇冠，一位送了她寶劍，另一位則是送她黃金。

女孩非常苦惱，不知道應該如何抉擇，因為三位騎士都如此的優秀，她只好向花神求助，花神於是將她化成了鬱金香，讓皇冠變為花蕾，寶劍變成葉子，黃金變成球根，她就這樣同時接受了三位騎士的愛情，而鬱金香也從此成為愛的化身。」

我感性地說著隨便從網路上Google來的典故，鬱金香本身，或者它背後代表的故事意涵，一點都不重要，重要的是，我要讓她留下的印象。用這片花海，用這種香味，用這種感動，讓她記得曾有個傢伙跟她說過，愛情除了她遭遇過的那些不美好之外，還可以是這個模樣。

如果有幸，我們終究還是會遇見對的人，值得愛上，以及被愛上的人。

而我這樣的展演方式，她不知能體會多少，我們後來沒有再多說話，只是肩併著肩，一起坐在花園裡的長椅上，看著午後陽光迤邐的鬱金香群，一朵一朵彷彿都有想傾訴的花語，就像沉默的我們一樣，有許多話想說，但千頭萬緒不知從何說起。安安靜靜的我們，安安靜靜的花園，如果有些什麼在醞釀，我想也是那麼安安靜靜地。我閉上眼，小時候故鄉田尾的花香彷彿將我環環包圍。

「我今天六點下班。」良久，她像突然想起似地笑說。

「喔？妳要約我嗎？」我打哈哈。

「我在醫院門口等你。」她依舊微笑著。

「謝謝！謝謝你為我做的一切。」她煞有其事地向我鞠個可愛的躬後，快步離開了頂樓，像逃跑似地。我看見她帶走的笑容，有如眼前在陽光盛開的繁花那般燦爛。

我收拾了病房裡簡單的行李，再看了一眼八一三號病房內，二十一天來，小棋在這裡和我相處的情景歷歷在目，彷彿伸手就能觸及。但我當然沒有觸及，而是悄悄地關上了房門。大概五點二十五分左右，我換上襯衫牛仔褲，離開了醫院。我選擇告別回憶，告別小棋，告別一切。

我隨興搭上最近一班公車，站在上頭，跟剛下班下課的人群擁擠著，預計漫無目的地坐到人去車空，坐到毫無意義可言的終點站，再找尋下一班最近的公車。生活，有時候會在虛擲浪費中，尋找到自己獨處的寧靜。我站在台北市最沉潛的角落，細細思索自己二十七年來，以及這二十一天來，我所遇見的一切，以及即將要告別的一切。車窗外逝去的不是街景，而是我所喃喃的那些牽掛。

小棋看著手錶，已經六點二十五分了，她決定到病房訓訓阿信這個遲到大王。沒開燈的病房一片漆黑，她打開燈，裡頭整齊的簡單擺設，乾淨地像沒人住過一樣。

她知道他走了，不會再回來了。她如果此刻走上頂樓的空中花園，會發現那裡一朵鬱金香也沒有，下午的那片花海，像是根本不曾存在過一樣。

他唯一留下的痕跡線索，只有床上那張薄薄的紙。

「Dear最可愛的護士小姐：

那個，抱歉，我走了啊。莊醫師前幾天來找我，他告訴我，我這個亂生植物的毛病是治不好的，那些植物總有一天會耗盡我身體的能量，器官也會漸漸衰竭，快的話幾個禮拜，慢的話也拖不了幾個月。人生無常，不過還是得看開一點，剩下的日子繼續悶在病房也不是辦法，所以我走了，打算去四處逛逛，不告而別放妳鴿子，希望妳不要太介意。

今天下午讓妳看的鬱金香花園，算是我的告別代表作，哈，原本那座花園是打算用來追妳的必殺技，但很可惜沒機會了。不過，我必須強調的是，妳真的是一位溫柔又可愛的女孩，一定會遇到一位比我那個烏鳥鬱金香花園還要強一千倍、一萬倍的好男孩，他會疼妳，會好好愛妳，因為妳非常非常值得。

我走了，但妳會留下來，請你不要記得我，只要記住那些綻放的鬱金香，以及它所象徵的美麗意義，這樣就夠了。祝妳幸福，請一定要幸福。 阿信」

紙上的字很潦草，看得出來他走得匆忙。她手中緊皺著那張紙，沾染了濕潤的眼淚。

我下了公車，台北市已入夜，我的頭腦卻開始暈眩，我知道，對我來說，下午那座上千朵的鬱金香花園根本就是在玩命，每摘除一株鬱金香，我的身體就虛弱一分，而現在，我感覺體內空空蕩蕩地，彷彿不存在任何血液、組織、器官，我的呼吸開始急促，我的視線逐漸模糊，我無法站穩，而在倒下之前，我感受到無比沉重的疲倦，彷彿沉睡了多年一般地疲倦……然後我醒來了。

醒來的感覺難以形容，覺得身體不是自己似地無法動彈，我惺忪而畏光的視線，試著看清眼前的環境，這是一間冰冷色調的病房，我身上插著好幾條管線，而病房旁坐著一個人。她淚流滿面地看著我，激動地無法言語。

她不是小棋，她是我媽媽。我倒下後發生什麼事？是誰把我送醫的？媽媽怎麼會突然出現在病房裡？這些我都不清楚，但媽媽發出的驚嘆，更是讓我困惑。

媽媽著急地按下病床旁的護士鈴，對著話筒興奮地哽咽說道：「**他醒來了！我兒子醒來了！三年多了，他終於醒過來了！快請醫生過來啊！**」

三年？我昏迷後沉睡了三年？

我的身體依舊是動彈不得，我轉著眼珠，試圖看向自己的雙手，雙手卻乾淨地沒有任何外物殘留，一點點植物的根、莖都沒有，甚至生長的痕跡都不存在。陌生臉孔的醫生跟護士，沒多久就趕到病房，檢查完我的身體狀況，以及解讀了連線儀器的數據之後，醫生面色凝重，低聲向我媽媽附耳說話，媽媽聽了後淚水立刻潰堤，趴在我身上，不斷地搖晃我的身體。

我的身體卻一點反應也沒有，我無法感受到她的重量，無法感受她對我的搖動，我只能眼睜睜地看著她的巨大悲傷，雖然不解她的悲傷，但看著媽媽這樣淚崩，我的心裡仍然極端難受，卻一滴眼淚也無法流出，更別說出聲說話了。

「阿信，你知道媽媽好愛好愛你嗎？媽媽真的很愛你……你去那邊要好好照顧自己，知道嗎？媽媽會永遠想你……永遠永遠……」

她的聲音越來越遙遠，我的視線開始模糊，依稀見到護士們拉開了不願放手的媽媽，醫生拿出電擊器幫我急救，我的胸口隨著電壓劇烈起伏，一下、兩下……眼前的景況卻越來越不真實，我似乎就要脫離這一切。

然後小棋來了。她走了進來，醫生、護士或我媽媽似乎都沒看到她，她就貓一般輕巧地走到我身邊。而終於，一切都模糊了，只剩下她還清晰，那麼可愛的微笑面容。

「這……」在她面前，我竟然可以開口說話，卻被她的指尖阻止了我的唇。

「很多事情是假的，但有一件事是真的。」她凝視著我，雙眼澄澈而誠摯，**「跟我走，好不好？」**

我看見光點降落在我們身上，然後我們的身體也一點一點地開始發光。

當醫生放棄急救之後，淚水佈滿臉龐的媽媽坐在病床旁，那塊白布還捨不得蓋住我的臉。

她漸漸冷靜下來，因為她看見我漸漸冰冷的面孔，嘴角卻上揚了一抹淡淡地微笑。再過不久，她也會發現，病床上，我的身旁安安靜靜地放著兩株鬱金香，一朵紅色、一朵紫色，一同散發我們故鄉久遠的花香。

如果幸福有味道，我希望她也能記得這個味道。

第四罐　租屋

新租屋天花板竟然有個洞，靠近一看，濕黏腐臭的不明生物舔了她的眼珠……

我已經忘記是在哪裡找到這間房子的。

可能是某個租屋網站，或者是一張薄薄的夾報廣告，又或者只是路邊某支電線桿上張貼的紅色小紙條，無論如何，恰好讓我看見了那則租屋訊息。它的外表毫不起眼：白牆紅磚、低矮的兩層樓建築，像是民國五十年代的老舊眷村一般，但在寸土寸金的新竹市區裡十坪大的房間，每月只要四千元的租金，可就十分搶眼，對我一個孤身在外的女大學生，有著相當大的吸引力。

當然，如果房東不是那個傢伙的話會更好。看到租屋訊息的當天，我就照著上頭的地址找到這間房子。

「還算可以啦……」我喃喃自語，看著房屋差強人意的外觀，按下門外米黃色的舊式電鈴。

一個捲髮粗獷、身材偏瘦，年紀看起來跟我差不多的男生出來應門，他穿著吊嘎短褲藍白拖，滿臉狐疑地看著我。

「你好，請問這裡有房子要出租嗎？」我試探性地問道。他的一雙眼睛上下打量著我，邊看還邊將手伸進吊嘎裡抓背，全身散發出一種讓人不舒服的氣息。

「請！請進請進！」他像總算滿意地拉開笑臉，開門讓我進到屋內。所幸，乾淨整齊的屋內，不像他本人讓人反感，算得上寬敞的客廳裡，只有簡單的桌椅，而客廳旁就是要出租的客房，房間內是略嫌老舊的木質地板、一張鐵書桌、一張木床、一個衣櫃、一台笨重的窗型冷氣、一個對外窗戶（搭配綠色勉強算乾淨的窗簾）、粉紅磁磚的小浴室，大約十坪左右的空間。

「怎麼樣？還不錯吧？一個月四千元根本就是物超所值。」他倚著木門科科笑著。

「那二樓是？」房間當然很超值，但我還是有所顧慮的猶豫。

「二樓？二樓是我的閨房啊！科科，平常沒事請妳不要上來，不然我會害羞，科科。」他依舊科科。

「你也住這裡啊？」我皺眉。

「這是我的房子，我當然住這裡啊，妳……喔喔喔我瞭解了。」他露出曖昧的笑容，「不用擔心啦！我是血統純正的匈奴，像妳這種羅莉身材，我是不會想亂來的啦，科科。」我送了他一個白眼，二樓住著這樣變態的阿宅房東，實在糟糕透了。

不過，我終究還是屈服在動人的租金下簽約了。反正我們一樓二樓各住各的，彼此井水不犯河水，再加上那傢伙一身宅味，八成是每天遊手好閒，窩在家打電動的靠爸魯蛇，諒他也不敢膽大妄為到什麼程度。

於是，我們坐在客廳簡單的桌椅上簽約，他拿出兩份從書局便宜買來的、皺巴巴的房屋租賃契約交給我閱讀，整個簽約過程，就跟他為人一樣隨便。

「喔喔妳姓黃，黃小姐啊……」他看著我的身分證科科笑著，「我姓湯，玉米濃湯的湯，妳可以叫我湯哥哥就好。」他伸出右手，用剛剛還在抓背的右手想跟我握手。

「喔。」我根本懶得理他，逕自在租賃契約上簽下名字。

「好啦！大功告成，從今天開始，我們就是房東房客的親密關係了，要不要一起出去吃個午餐慶祝一下呢？」他將另一份簽好名的契約交給我，興高采烈地問道。

「不用了，謝謝。」我冷淡而嚴肅地回應他，「湯先生，請你放尊重點，我只是跟你租房子，我不是你的朋友，也和你沒有任何關係，未來請你不要騷擾我的生活。」說完，我沒等他回話，拿了房間鑰匙就往外走，準備回去之前的租屋處收拾行李入住。我的話或許說得狠了點，但我想，這樣對彼此以後的生活都好。我不需要，更不想要我們之間有些什麼糾葛，最好連說話都省了，因為他就是這麼地惹人嫌惡。

而入住的第一晚，符合我期待的風平浪靜，除了偶爾從樓上傳來房東看動畫的聲響外，並沒有任何互動，我樂得清靜地整理房間、上網、閱讀，晚上十一點多就早早睡著了。

不過，這樣表面的和平並沒有持續太久，我很快就發現了那些頭髮，也許是在入住的第三天或第四天，我房間的木頭地板上開始出現稀疏散落的頭髮。

我一根一根地檢起來查看，三十公分左右的長度，很明顯就不是留短髮的我遺落的。

那是誰的頭髮？

無法解釋的奇怪頭髮，想起來雖然覺得有點毛毛的，但神經大條的我也沒多放在心上，用掃把清理乾淨後就將它拋諸腦後，繼續打開筆電，看我的韓劇、逛我的網拍。

但當天晚上卻不太平靜。凌晨兩點多，我已經入睡一個多小時，天花板上傳來的腳步聲，卻硬是將我從睡夢中擾醒，那聲音沉甸甸地，像是用膝蓋撞擊地板似地碰碰作響，我皺眉，不知道樓上那個傢伙，三更半夜不睡覺，在搞什麼把戲，被惹到火大起床的我，正準備起身去找房東理論時，那聲音卻突然停住了，整棟房子頓時都安靜下來，重新回歸到深夜的暗沉。

我只好悻悻然地躺回床上，用棉被蒙住了頭，畢竟，隔天早上八點還要上課，還是別跟那傢伙一般見識好了。我心裡才這麼想，一個清楚可聞的聲音，卻毫不客氣地侵入我的聽覺，並從腦中向外，撐開我身上每一寸皮膚的毛細孔，寒毛也一根根地豎起。我想給它狀聲詞，但我辦不到，那是一種無法形容的詭譎聲響。

而它持續以一種尖銳、殘酷的不合理角度，在對我而言仍然陌生的房間，在應該萬籟俱寂的時間，挑撥我的理性認知，我根本無法說服自己那是房東，或是任何人類能發出的聲音。那像是野獸的喉嗚，又或者，是某種巨大器官的作用聲，甚至是鬼魅的淒厲哭吼，總之，它讓我立刻衝出了房間，顧不得身上只穿絲質睡衣，我直接往二樓房東的房間奔去。我心跳劇烈地向上狂奔，自己心裡相當清楚，我並不是要找房東理論，而是需要一個人幫我分擔心中的恐懼。

「開門！開門！給我出來！你到底在搞什麼鬼？」我心裡雖然這麼想，嘴巴卻依然不誠實的逞強謾罵，不斷地敲著房東房門，暗暗祈禱那個怪房東能夠快點出來開門。門打開了，只穿著一條花內褲，露出排骨身材的房東，頭髮亂得像鳥巢，睡眼惺忪地看著我。

「怎麼了啊？」他抓抓屁股，打個又臭又睏的呵欠。

「你在睡覺喔？」看他的樣子，應該是睡得很沉被我吵醒，那個怪聲音似乎跟他沒有關係。

「大小姐，現在都已經快凌晨三點了，我當然在睡覺啊！」他苦笑，用抓屁股的手搓摸著鼻子。

「你剛剛有沒有聽到什麼怪聲音？」我緊張地問道。

「什麼聲音？」他皺眉，又打了個呵欠。

「噓！」我食指豎在嘴前要他噤聲。

沉默的兩人，安靜的房子，空蕩蕩地只有深夜的起伏，我剛剛清楚聽聞、尖銳入耳的怪聲音，像是潛藏到無聲無息的所在，憑空蒸發在我的感官當中。

「什麼啦？妳是不是在發神經啊？」什麼聲音都沒聽到的他，沒好氣地說。

「有啦！我剛剛真的聽到聲音了……」我百口莫辯，眼前的確只是一個平凡安靜的夜晚，但剛剛的怪聲偏偏又是那麼清楚恐怖。

「喔喔喔……」他看著我慌張害怕的模樣，該死地竟然露出恍然大悟的曖昧笑容，「我瞭解了，沒關係，我的房間很大，妳不用客氣，進來吧，裡面很安全的。」

「安全個頭啦！」感覺被吃豆腐的我生氣地罵道，氣呼呼地走回樓下房間，什麼怪聲音都不理了，重重地甩上房門。我的強悍氣勢雖然滿分，但當我躺在床上，面對一整個房間的漆黑，剛剛怪聲音的記憶瞬間又湧了上來，我只好開啟大燈，躲在棉被裡頭昏昏沉沉地入睡。

隔天是滿堂的課，昨晚根本沒睡好的我在教室裡打瞌睡打得不成人形，撐到晚上六點，終於結束昏迷狀態的課程，我拖著疲累的身軀，騎機車返回租屋處。

一進到房間，那股打從心底的發毛感依舊揮之不去，於是我抱著筆電躺到床上，蓋住棉被、塞進耳機，打算用搞笑的綜藝節目，來麻痺淡忘掉昨晚不舒服的回憶。看著節目裡頭的通告藝人比手畫腳、唱歌走音到九霄雲外去，我不禁哈哈大笑，也漸漸放鬆了原本戒慎恐懼的心情。

——直到我意外地瞄見了那個洞。

十元硬幣大小的洞，在我床頭上方的天花板，若不仔細看，還以為那只是油漆剝落的痕跡。我站在床上，仔細地觀察那個洞，為什麼會有這個洞呢？才想著，我立刻就開門衝上樓，直闖房東的房間。

偷窺。

一定是那變態蠻這個洞，來偷窺房客的私生活。

「出來！你給我出來！」我歇斯底里地拍著門大吼，心中的憤怒已經完全無法抑制，那是失去隱私的根本恐懼所引發，一個身為女生絕對不能接受的處境。

「你又怎麼了……」房東打開門，還來不及把話說完，我直接撞開門闖了進去。凌亂的房間，堆滿了漫畫、垃圾跟零食，我蹲在地上，仔細檢查他的地板，想要找出那個與我房間相通的洞。

「喂！妳會不會太過份了？到底想要幹嘛？我有隱私權耶！」他攔不住我，站在一旁氣得直跳腳。

「哼！你也配講隱私權？你這個不要臉的偷窺狂，就不要被我找到把柄！」我冷冷地回應他，持續找尋地板上的小洞。

沒多久，每一塊地板我都檢查過了，只剩下他的書桌旁，那十二塊組合的彩色巧拼地板，而它所在的位置，樓下正相對應著我的床位，也就是那個洞所在的下方。

「不行，這個地方妳絕對不能看。」他擋在我面前，維護那十二塊巧拼的意志顯得相當堅決，「不要怪我沒警告妳，看了妳一定會後悔。」他這句恐嚇撂得夠狠，連眼神都露出詭異的光采。

「你做了什麼骯髒事，你自己應該很清楚。」我毫不畏懼，雙眼惡狠狠地瞪著他。

「我哪有做什麼……」他還在辯解，我卻出其不意地繞到他身旁，一把抓起那一大片巧拼。

不堪入目。

巧拼之下，只見來自日本或歐美的成人情色雜誌、寫真集、DVD、漫畫，琳瑯滿目，哪裡有什麼小洞，只有藏量頗豐的阿宅性幻想用品。

我愣在現場，紅臉火辣辣地發燙。

「唉……早知如此，何必當初？善哉善哉……」機車房東搖頭晃腦地嘆氣。

雖然很糗，但至少我的強行搜索，確定了天花板的那個洞跟房東的房間沒有相通，也就是說，他無法透過那個洞偷窺我，而這多少讓我有種鬆口氣的解脫。連兩天的神經緊繃下來，我也真的累了，再搞笑的綜藝節目也撐不住我厚重的眼皮，我看著筆電的畫面，不知不覺就斜歪著脖子，沉沉地睡去。一個小時、兩個小時，也許在睡夢中經歷過更長的時間。

我醒來了。

被滴在臉上的液體驚醒。

「這什麼啊？」我驚叫。

伸手去摸，那是一灘半透明的不明液體，濕濕、熱熱、黏黏的觸感，我沿著它滴落的方位往上看，似乎是從天花板的那個洞滴下來的。

如果那個洞跟房東房間沒有相通，那這個不明液體是怎麼來的？

我用衛生紙將臉上的液體擦掉，它有股食物腐敗的噁心臭味，我皺眉，看來真的不能坐視不理這個洞。

於是，我將椅子抬上床，站在床上的椅子上，這個高度讓我的頭可以碰到天花板，我拿著土黃色的大膠帶，準備將那個洞封起來。不過，在封上它之前，我還是相當好奇洞上方到底是什麼空間，而洞裡頭又有什麼東西。**於是，我的臉貼近洞邊，閉上左眼，用右眼看進洞裡，想一探究竟。**

「啊——」

我淒厲地尖叫，恐懼讓我從椅子上摔落到床上。

我的身體不斷地在發抖，因為剛剛來自洞裡的感受，是那麼地顫慄而超乎現實。

我的右眼球被舔了一下。

「這房子到底在搞什麼啊？我不住了！我不住了啦！」我徹底崩潰，眼角驚嚇的淚水不斷溢出，我奔上樓，決定要向房東終止契約，今晚我就要搬出這間恐怖的房子。木製樓梯被我憤怒而驚慌的腳步踩得砰砰作響，眼看就要踏上二樓，在踩上最後一層階梯時，卻一腳踏穿梯面、右腿陷進階梯，下半身也緊接落下，而上半身則是卡在樓梯之中。

「救命!救……」我才開始呼救，樓梯已撐不住我的重量，整個身體都掉了進去。裡頭不深，我一下子就摔在地面。上頭破碎樓梯透進了些微光線，讓我看到自己身處的環境。

這是一個長方形的空間，原來我和房東房間的樓上樓下之間，還有這樣的一個夾層存在。

而「它」正看著我。

我不知道該怎麼稱呼「它」。

「它」的身高跟我差不多，但全身骨瘦如柴，皮膚呈現一種不健康而髒兮兮的白，「它」的頭髮長而稀少，讓我想起了之前房間地板遺落的頭髮。

「它」應該是一名女子，但「它」的神情、姿態與外表，看起來都更像是某種動物，某種非常飢餓的動物。我來不及害怕，「它」已手腳著地朝我奔來，二話不說地撲倒我，用「它」長而扭曲的指甲，插進我的皮膚，然後撕裂，帶有惡臭的銳利牙齒，也立刻咬上我的脖頸。

我沒有尖叫，因為我全身的力氣都用在抵抗「它」。

為了生存，我抓住「它」的頭髮，野蠻地扯下頭髮，以及附連其上的皮肉，血腥開始滲進了視線，我瘋狂地回咬「它」的脖頸，緊緊地咬嚙住「它」的氣管。

我們都感受到劇痛，我們都感受到生命受到對方的威脅，而我們都想要生存下去。

於是，我不再是人，像是退化或返祖，還回成人類最原始的獸類樣貌，我的手腳、我的牙齒、我的指甲，全部成為爭取活下來的武器。在失去計算意義的時間裡、在心臟劇烈震動的過程中，我的嘴裡滿是鮮血和肉屑，我身上傷痕累累。我跪了下來，身體不能停止顫抖，即使「它」的身體已沒有任何生命活動的跡象，我雙手依然緊緊掐著「它」的喉嚨，我想哭，但巨大的恐懼卻奪走了我的聲音。

啞口無言的黑暗。不知道過了多久之後。

也許有哭泣，也許有哀嚎，也許有求救，也許有嘶啞，無論如何，我虛弱地倒在地上，孤立無援而逃不出去的我，光飢餓就足以完全吞噬。

於是我吃了「它」。

那不是一個理智運作的過程，包括滿嘴沒有煮熟的生肉，包括「它」根本就是人類的事實，包括腐爛的氣味，以及蛆蟲的蠕動，包括我滿腹滿胃的空虛，卻壓榨湧出的噁心感。

但我還是把「它」吃了。

人為了生存，原來沒有什麼事做不到。之後，我再度看到房東。他拿著鐵鎚、釘子、木板，將樓梯的破損處修理好，在最後一塊木板蓋上之前，他對我禮貌性地點頭，科科地笑了一聲。

那個時候我才發現，我已經忘了怎麼說話，更忘了怎麼抵抗與逃跑，這個世界與我極端的疏遠。那也是我最後一次看到他。

又不知過了多久以後。無窮盡的黑暗監禁中，致死的飢餓再度侵襲，我像隻瀕死的蟲在地上蠕動，而某個地方卻突然傳來刺鼻的香味。食物的香味，生存的香味，充滿獸慾的香味。

都來自一個洞。我爬了過去，不是以人類的姿態，我想此時此刻的我，應該像極了「它」。我從洞口往下看，裡頭的光亮讓我看見，一個新搬進來的女房客，正勤勞地收拾整理房間。在我眼中，她的姓名、身份、職業都不重要，因為她就像一塊足以消滅飢餓的走動肉塊。

我的口水或其他足以洩漏飢餓的液體，無法抑制地從洞口淌下，同時發出了一個聲響。

一個巨大的飢餓聲響，整棟房子就像是一副飢腸。

只見她害怕地驚慌失措，我連忙安靜了下來。我知道必須耐心等候，她才會從樓梯上掉下來，我也才能繼續生存下去。

終於。

我狼吞虎嚥，拚命地想要壓抑住體內凶猛的飢餓，眼前的她，活像一朵盛開的血肉之花。

「那個，打擾了。」他從外敲了敲夾層的牆壁，「是林小姐？莊小姐？還是黃小姐？唉，房客太多，我都記不太清楚了。吃飽了，我們準備搬家了啊！下一站應該會有更多好吃的。」

等我停止了吃食之後，我可以感受到房子在移動，我像是身處在房子的胃裡，它載著我或走，或跑，或跳躍。直到它到達目的地，它像是累了一般，坐下來不再移動。

我知道，房東又要去張貼新的租屋訊息了。

我也知道，當媽媽或妹妹到我的租屋地址找我時，失蹤已久的我，留給她們的只是一個空的地址，一棟不存在的租屋。但這些都不重要，漸漸又開始感到飢餓的我，與他和它一樣，都相當期待新房客的到來。

根據統計，台灣每年平均有二萬二千多人失蹤，雖然約有百分之九十二的尋獲率，但這也意味著，其中有百分之八的人，永遠都回不了家。

——就像被吃掉一樣。

第五罐　女醫生

美麗溫柔女神般的醫生，轉眼卻變成裂嘴女，張開充滿利齒的血盆大口……

我有病，真的有病。

看著被自己洗到皺巴巴的雙手，我卻依然無法停止用洗手乳、用肥皂、用清潔劑，用所有想得到的清潔用品，去搓揉沖洗這雙看似乾淨的手。看似乾淨，但我知道它並不是真的乾淨。它總是會在我以為已經徹底清潔完畢而鬆口氣時，悄悄地、慢慢地，從那數以千計的毛細孔中，滲出比汗水還要黏膩溼熱的透明液體，量雖然不多，但如果我坐視不管，不用幾個小時，我的雙手就會像浸入某種組織液一般，濕漉噁心地讓人難以忍受。

於是，我拚命洗手，幾乎每個小時都要去洗一次手，這造成在工廠上班的我相當大的困擾，我很難專心在工作上，動不動就會抬起手仔細檢查，那些要命的毛細孔，是不是又滲出了不明液體，而手邊工作只要一有空檔，我就會到盥洗室，用自備的洗手乳，甚至是菜瓜布，從指尖、指甲、指縫、手背、手心，這雙手的每一寸肌膚都不會放過，只希望能稍稍抑制不舒服的黏膩感。而當我用洗衣刷擦破了手背，鮮血浸潤了皮膚之後，我終於決定去看醫生。

那是一家頗負盛名的皮膚科診所，我等了快二個小時才進去看診，當然，在這之間，我又洗了好幾次手。

「盧先生，嗯，你怎麼了？」梳著西裝頭的中年醫生詢問我的病情。

「醫生，我的手會不時分泌出黏黏的噁心液體，造成我生活上很大的困擾。」我在他面前攤開洗破皮的手掌，而我可以感覺到，上頭的毛細孔又開始分泌汁液。

「嗯……」他皺眉，伸手摸了摸我的手背手掌。

「醫生，那個液體……我的手又開始在分泌了。」我向他求救，那種不舒服的觸感，即將包覆我的感官。

「沒事的，你的皮膚很正常，沒有在分泌什麼東西。」他聳聳肩，從桌上抽了一張衛生紙，放在我的手掌上，「你看，這張衛生紙什麼液體都沒有吸收到，是你自己的心理作用，簡單來說，就是想太多了。」雖然我手上的那張衛生紙完整乾淨、沒有異樣，但我的手卻不停地黏膩濕熱起來。

「真的有啦！醫生，我的手開始黏了！很黏啊！」我怪叫，屁股幾乎要坐不住診療室的椅子，恨不得立刻衝去洗手。

「唉！你這個叫強迫症，看皮膚科是沒有用的，要去看心理醫師。」他拿起衛生紙，看著我手背的傷口搖了搖頭。

回到家中，我上網搜尋強迫症跟心理醫師的相關資料。

「心理醫生？哼哼，專門在騙有錢人的吧？」我果決地下了這個結論，既然心理醫師的治療也只是陪你聊聊天、鼓勵你之類的，那我靠自己的意志力，應該也可以克服才對。

於是，我開始強迫自己，嚴格限制自己每天洗手的次數，就算全身顫抖、冒冷汗，也要咬牙死命忍著，終於，從原本幾乎每個小時都要去洗手，漸漸進步到每二個小時，甚至快三個小時才去洗一次。

這對於患上這種怪病已經快三年的我來說，可是相當重大的進步。某天，老闆突然用廣播叫我到辦公室，慌張的我沒注意到身旁其他同事訕笑的眼光。

「盧特伯，你知不知道同事們都在背後說你閒話？」腦滿腸肥、穿著縮水襯衫的老闆，躺坐在黑色牛皮椅上，冷冷地看著我。

「什麼閒話？」我一頭霧水。

「哼！已經不只一個人來跟我反應了！你每天要跑好幾次廁所，每次上廁所都要上個十幾分鐘，我是花錢請你來上班還是來上廁所的啊？」他帶著怒氣的音調越拉越高，最後還拋出尖酸的質問。

「這……老闆，我雖然說平常比較少跟其他同事交際，但我每天都很認真在工作，真的，我沒有偷懶。」我緊張地解釋著，雙手似乎被我的焦慮刺激到，不斷大量分泌出汁液，黏密到幾乎要窒息我皮膚的知覺。

「你的手在那裡摸什麼啦！」他看到我偷偷摩擦褲管的手，不悅地咆哮著。

「我……老闆，其實我有病，我的手……」我吞吞吐吐地想跟他坦白，但他手一揮，絲毫不給我說話的空間。

「有病是吧！有病就走人啊！」他粗肥的右手，重重地拍了桌子，「我老實跟你說，這工作你不想做，外面還有一堆人搶著做！」

「老闆，我……我想做啊！我真的非常需要這份工作……我想上班啊，老闆！老闆，我錯了，再給我一次機會，我一定改，一定……」每個月要繳房租、要寄錢回家、要吃喝拉撒，真的非常卑微地需要這份高出22 K其實沒多少的工作。

「去跟你下個老闆說吧！」他用肥短得像甜不辣一般的右手食指，一個字一個字指在我的頭頂上說。我被轟出了辦公室，帶著僅僅三千元的資遣費。

我並不想打官司去跟那頭豬爭些什麼，因為我很清楚，就算拿到法律保障我應得的金錢，也無法消除那根肥手指頭指在我頭上的屈辱。

我氣炸，也悶壞了。

我整整一天沒出門，關在租屋裡不吃不喝，放任自己瘋狂地洗手，我並沒有流下委屈的淚水，因為雙手滲出的黏液已經夠多了。

但人總是得吃飯，而吃飯總是要錢，所以我並沒有消沉太久，很快地找到租屋附近一家超商的店員工作，那份薪水至少能維持我最基本的開銷。我在超商輪值較忙碌的晚班，客人來來去去，我很難找到空檔到廁所洗手，只好在櫃台下方放了一大瓶礦泉水，一有機會就用裡頭的水沖手，解解黏膩之苦。而我這樣的奇特舉動，輪值大夜班、準備來接我班的阿桓都看在眼裡。阿桓也住在附近，比我大個幾歲，中等身高卻骨瘦如柴，兩隻眼睛深陷在黑眼圈當中，一臉營養不良的模樣，看來是長期輪值大夜班日夜顛倒的副作用。

「盧仔，你的手怎麼了？」店內暫時沒客人，他站在櫃台旁跟我閒聊。

「沒啦！就手有點皮膚病。」我看著紅腫擦傷的雙手聳肩，這病我看是沒藥醫了，多說也無益。

「這樣啊。」他看著無精打采的我，若有所思。

「小事情，別放在心上。」我話是這麼說，但鬱悶的表情可完全不是這麼一回事。他卻神經兮兮地環顧了沒有顧客、深夜快十一點的店內後，偷偷塞了一張紙給我，擠眉弄眼地要我快點收進口袋裡。

「好啦！快下班吧！」他笑笑地催促著我下班，「回家有時間看看，可以試試，什麼問題都能解決的。」事後回想，他臉上的笑容，真有種說不出來的意味。

阿桓神祕兮兮的舉動，引發了我的好奇心，我騎車回到租屋，還等不及上樓，便拿出口袋裡的紙條，就著昏暗的月光閱讀。

原來那不是紙條，而是一張別致的名片。

「澄風心靈診所　心理醫師何如妤」

素雅的細體黑字，浮印花紋的白色紙片，名片背後畫有一張前往診所的地圖，距離我租屋處並不遠，但在這一帶已經生活好幾年的我，並沒有印象那邊有間什麼心靈診所之類的醫院。進到房間，我將名片往桌上一擺，並沒有太放在心上，結果半夜又被惱人的黏液煩醒，邊洗手邊想著，隔天交班時，阿桓如果問起，該怎麼回答，如果不是這類人情困擾，我想我不會決定在翌日早上前往那家心靈診所。

我騎著機車，依照名片後的地圖路線，尋找阿桓推薦的那家診所，卻越騎越偏僻荒涼，附近都是工廠林立的工業區，怎麼會有心靈診所開在這種地方？

心頭才剛泛起疑問，它就出現在我視線當中。「澄風心靈診所」是一棟藍白基調、地中海風格的漂亮二樓建築，我停好機車，拿下安全帽，搔搔腦袋，這間診所跟周遭荒廢鐵工廠相比，有著嚴重的違和感。

但不管如何，我的手又開始黏膩發癢了，就算不付費看醫生，至少也進去借個廁所洗手吧。自動門開啟，裡頭傳來舒服芬芳的植物香味，櫃台是一位穿著套裝的可愛小姐，她站起身，親切地微笑招呼我。

「您好，請問有什麼我可以幫您的嗎？」

「呃……是朋友介紹我過來的，那個，我想先了解看看收費方式……」看著裡頭典雅高級的裝潢，想必收費也一樣高級，所以我的回答語帶保留。

「好的，沒有問題，第一次到我們診所就診，是不需要任何費用喔，我馬上為您安排何醫師的門診好嗎？」她甜美地微笑著。

「好……我可以先借個廁所嗎？」我苦笑，雙手早已感覺黏膩不堪。

洗完手後，我進到診間。說是診間有些奇怪，裡頭比較像是一間大坪數的書房，兩側的書櫃上置滿了中英文書籍，滑亮的木質地板，房間中央鋪著乾淨的米色地毯，在上頭安置著兩張大沙發，光用看的，就覺得十分柔軟舒適，落地窗披著薄薄的純白沙簾，陽光若隱若現地灑落。診所內處處都瀰漫著品味與質感，而穿著隨便、一臉邋遢的我，多少有些自慚形穢。當然，這是在遇到她之前，我所認知的自慚形穢。

當她走進來之後，我才明白自慚形穢的真諦。

房門輕啟，診所的主持醫師走了進來。我先是聞到一股香味，它刺激了我腦中某塊不知名的部位，誘發出久遠卻原始的，對異性的深層渴望。

而她完全契合而征服了那股渴望。

只有高中畢業的我書讀得不多，用什麼美若天仙、出水芙蓉之類的拗口詞語，未免太格格不入，請容許我用最直白的話語向各位報告，雖然完全沒有畫面，但希望能描述出當下感官的萬分之一。

她清新脫俗的面容，讓我想起了小龍女，那位永遠只能活在小說當中，凡人無法扮演的女神。而她白袍底下高　火辣的身材，即便我用腦袋讀取有生以來的所有硬碟，回想每一位在暗黑界各領風騷的女優，卻完全找不到足以比擬她的對手。

她的美麗就是如此強大，強大到我愣在當場，傻呼呼地直瞪著她看。

「盧先生嗎？」她看了眼病歷微笑，「請坐。」我們在那兩張沙發對坐下來，不知道是因為柔軟的沙發還是她，我總覺得整個人輕飄飄地。

我們聊了很多，她不只是外表迷人，就連說話也有一種魔力，會讓人不停地想要和她分享，即便我三十幾年的人生是這麼乏善可陳，還是興高采烈地講得口沫橫飛。

後來，我們終於聊到了我雙手的病。

對了，我的雙手皮膚分泌黏液的怪病，竟然在剛剛閒聊的半個多小時當中，完全忘了有這麼回事，這是我患病以來不曾發生過的。不過一旦提起，那陣黏膩感立刻又包天覆地的襲來。

「醫生，不好意思，我可能要先去洗個手再來接受治療。」我致歉。

「沒關係的，我來幫你。」她搖頭微笑，從沙發旁的矮桌上打開一個黑色盒子，裡頭擺滿了中醫師的針灸用針。

「你不斷產生想洗手的念頭，這是典型的強迫症症狀。而我除了是心理醫師之外，同時也具有中醫執照，我的碩士論文就是研究中醫與心理治療的結合。」她說著，從盒裡取出了一根短針，「藉由穴位的針灸，會讓你的神經放鬆，更容易進入深層的睡眠，也有助於接受心理治療。」她起身走近我，我整個感官被她的魅力完全佔領。

「放輕鬆，睡一覺起來就沒事了。」她附在我耳邊低語，同時那根短針，已

經不知不覺地扎進我的右臂，沒有絲毫痛楚，在偷偷吸聞她的香味當中，我感到充分的放鬆與愉悅。闔上眼，這是一個徹底享受的睡眠。

結束療程，手臂上留下一個小紅點針孔，而我整個人神清氣爽、通體舒暢，彷彿每個細胞都再生一樣，踏出診所的那一刻，陽光耀眼，我覺得自己是一個全新的盧特伯，真的有種昨日種種譬如昨日死的感動。而更重要的是，我那雙手竟然不再分泌黏液了。

起初，我還擔心只是短暫的心理作用，但一整天下來，我的手都是那麼乾爽宜人，心裡一高興，我連上班都對顧客眉開眼笑、充滿活力。一切都很好，但如果我能更常去那家診所的話，會更好。

現在，我雙手雖然已沒有黏膩困擾，但深夜卻依然不容易入睡，因為何醫師的香味，她的體態、她的眼睛、她的話語，都不斷出現在我腦海，拼裝出思念與渴望的模樣，我好想好想再見她一面，但那天離開診所，櫃台小姐拿給我參考的費用表，卻讓我卻步，每次三小時的診療，要收費八千元，顯然不是在便利商店打工的我所能負荷。

即便如此，我還是拚命地省吃儉用，每個月想辦法去回診兩次，除了想要看到何醫師外，也因為她向我提醒，強迫症的治療不是一蹴可幾，需要長期的追蹤治療，而療程一旦中斷，我瘋狂洗手的老毛病就可能會復發。物質上的生活雖然過得比較辛苦，我的精神生活卻相當滿足，每天都神采奕奕地充滿活力。

不過，老天爺始終愛亂開玩笑。

有人就跟何醫師一樣，外表條件出眾，又擁有令人稱羨的工作收入，生活舒適順遂的人生勝利組；但也有人像我一樣，忙碌辛勞地工作，好不容易在茫茫人生中，抓住一塊希望浮板，一個大浪過來就又將我翻覆。

我開始懷疑自己被人跟蹤。那是一種感覺，並沒有具體的證據，從某個不確定的時間點起，我注意到「他」的存在。

在我上下班的途中，在我機車的後照鏡裡，在車水馬龍的路口，在不起眼的電線桿後，在深夜街上猛然回頭，他都在某個隱蔽角落，鬼鬼祟祟地窺視著。但是我無法掌握他的行蹤、相貌，甚至是身影，他往往在我發覺的瞬間就消失無蹤，我的視線裡只剩下空蕩、漆黑，或是一個個面無表情的路人，他飄忽到幾乎就像何醫師說的，他根本不存在，他只是我過度龐大的生活壓力營造出來的幻覺。

「被害型的妄想症障礙。」何醫師下了這樣的結論，而包含我先前尚未治癒的強迫症，她建議要增加療程，這也意味著我必須付出更多，甚至是超過我薪水負荷的診療費用。

我起初婉拒了何醫師的治療建議，畢竟，薄得可憐的戶頭裡有多少存款，我很清楚，但他像芒刺在背般如影隨形，甚至深入而加劇：從視覺的殘影，到我租屋處夜半近得嚇人的腳步聲，疑神疑鬼的幻覺，再次嚴重影響我的生活。

當我站在鏡子前，才發現自己變得枯黃削瘦，凹陷的臉頰與眼眶，顯示出我的虛弱，模樣跟輪值大夜班作息失調的阿桓有幾分相像，都是一臉失去活力的病容。

而何醫師無疑是唯一昂貴的解藥。

一次八千元的代價，換來舒適的沙發、滿足的感官享受、放鬆神經的針灸，以及一段香沉的酣眠，我罹患的醜陋疾病，就在這些美好的過程當中緩和，然後緩慢地治癒。

而我的生活，也開始艱困地與病情賽跑，不管我再怎麼苛刻自己的物質生活，也不管許久未匯錢回家、老家媽媽嘮叨的碎唸，我還是無法避掉現在面臨的窘境——我的手無比的溼熱黏膩。

在深夜的三點十九分醒來，劇震的心跳，是因為剛剛耳邊傳來的沉重呼氣。

沒有人，漆黑的房內，只有我獨自的喘息聲。

我驚魂未定地摸著耳朵，我很確信剛剛有人在我耳邊吹氣，視線瞥見窗戶搖曳的窗簾，我不記得怕著涼而一向習慣關窗睡覺的我，何時打開了窗戶。

是他。

何醫師安排的療程，我已經拖延了快一個禮拜，那些該死的病症一一復發，在無邊而無助的黑夜裡，猖狂地對我張牙舞爪。那晚我沒有入睡，睜著空洞的雙眼，坐視自己的黏膩雙手與滿身冷汗，終於下了一個無法回頭的決定。

翌日，陽光刺眼，我戴著黑色鴨舌帽出門，臉上掛著綠色的衛生口罩，出門提著一個側背包，裡頭承載著我的孤注一擲。昨晚，我並沒有花費太多時間就決定目標，畢竟在那間辦公室的經歷的情景，教我永生難忘。辦公室位在獨立的五樓，沒有門禁管制的開放空間，我逕自推開門走進。

「你是誰？你要幹嘛？」那頭學人看報紙的豬——我的前老闆，驚訝莫名地看著突然闖入的我，油肥的下巴不斷晃動著。我沉默地伸手，拿出側背包裡的西瓜刀，那是我在五金行花三百五十元買來的，我打算用它來改變我的未來人生。

刀光一晃，他的尖叫聲有如破音喇叭。

我沒有聽過殺豬聲，但我想跟他發出的哀嚎應該相差無幾。

他的右手掌斷在桌上，他那隻用來拍我桌子、粗魯指著我腦袋責罵的右手，此時安靜斯文地躺在血泊中。我不打算讓他認出我，所以雖然少了點復仇的快感，但我仍然選擇沉默地指示他安靜、要他乖乖地交出錢包，以及桌子下方保險箱裡頭的現金。

他的動作太慢，他的慘呼聲太大，於是，我在他肩上又是一刀。鮮血是恐懼最好的催化劑，他很有效率地協助我完成了強盜這個動作。我沒有多留戀他的慘狀，快速將一捆捆鈔票塞進側背包後就離開，留下滿室的血腥，以及一頭痛不欲生但至少死裡逃生的豬。

我說過，我並沒有打算被人認出，所以我不是騎機車到前公司來，我隨手攔了一部計程車，司機朝我住處的反方向，開了跳錶三百元的路程後，我下車，步行到沒有監視器的騎樓，披起早已準備的藍色外套，脫下帽子口罩，在一個偏僻路口又攔了計程車，繼續駛向我租屋的反方向。

我一共換了五部計程車，才在距離診所二公里多的廢棄鐵工廠下車，我知道，我的心跳始終不正常地劇跳，因此，現在非常需要何醫師的治療。我獨自走在荒涼的工業區道路上，雖然是大太陽的白天，卻依然覺得風冷颼颼地吹，或許是剛犯罪完、心虛的心理作用吧——我還在這樣自我安慰時，他出現了。

他用一種不正常的極快速度接近我，我沒有聽見任何腳步聲，甚至沒有預期這空曠的幾百尺內有其他人存在，他卻出現在我身後，一個近到不能再近的距離，他已無法從我的面前消失，或者說，他根本沒打算消失，他直接從我的左肩後方，狠狠地咬下我的脖頸。

我依然沒有看見他，在我的視角極限，只看見一張撕裂的血盆大嘴。

而我說過，鮮血是恐懼最好的催化劑。疼痛而恐懼的我，完全慌了手腳，面對他超乎常人，像吸血鬼般的舉動，我的大腦一片空白，無意識地拿出側背包裡的西瓜刀，用那把血跡未乾的刀，反手就朝他的頸肩處砍下。

分不清是誰的哀嚎聲與鮮血，我總算掙開了他殘暴的囓咬，逃命似地往前狂奔，根本無暇向後看他是否追上了。我壓著脖頸血流如注的傷口，滿身大汗地收起西瓜刀，狼狽地推開診所的門。

櫃台小姐看見我的模樣嚇了一跳，連忙攙扶我進到診間，電話急call何醫師過來看診。櫃台小姐的紗布與膠帶，並無法止住傷口的流血，我躺坐在沙發上喘氣，等待我唯一信賴的她。

何醫師的頭髮有些紊亂，看得出她來的匆忙，卻絲毫不減她的動人魅力，她要我伸出右臂，上頭滿佈的紅點針孔，是我長期就醫的證明，她選擇了一根較粗的長針，瞄準穴位扎下，我傷口的流血總算緩慢地停滯下來。

她皺眉，看著我驚魂未定的狼狽模樣，似乎有些不捨，她一邊細心溫柔地將我的傷口包紮好，一邊用我習慣的語調，探詢與傾聽剛剛在我身上發生的、不可思議的恐怖經歷，然後彷彿一切都找到了宣洩出口，我的心跳與呼吸都和緩下來，我漸漸想起了，這裡是全世界最安全舒適的避風港。

「我想是因為你的療程延遲過長，導致你的病症惡化，再加上外在環境的刺激，才讓你產生剛剛的幻覺。」何醫師耐心地解釋道。

「但是醫生，我的脖子上真的受傷了啊！這傷口總不會是假的吧？」發覺她說法不合理，我略為激動的質疑。

「沒事的，放輕鬆。」她微微一笑，是個讓人放心的甜美笑容，「請你先深呼吸一下。」我按照她的話，深吸深吐了兩口氣。

「你脖子上的傷，並不是牙齒咬傷的傷口，」她突然牽起我的手，手心傳來的溫軟，像是要支持我接受這個事實——

「**是被刀子砍傷的。**」

我頭皮開始發麻。

我確信西瓜刀在側背包裡藏得好好的，她不可能知道我有帶刀：見鬼了，竟然是我自己砍傷自己！

剛剛被咬的疼痛、那張血盆大口、我拚死的揮刀防禦、無助的逃命，都是那麼真實，卻都只是發自我腦海的幻覺？

我深深對人類的大腦感到恐懼，從某種程度上來說，人類根本渺小到無從區辨判斷真假。

對於我病症的加重，體貼的何醫師提出了讓我能稍微寬心的解決方式。

「你需要撫觸治療。」她專業的口吻，自然散發出一種知性美，「一九五八年，美國心理學家HARLOW博士曾以小獼猴進行撫觸實驗，實驗中的小獼猴，寧可選擇母猴撫觸的替代品，而放棄了食物。近來也越來越多研究報告指出，撫觸可以做為一種治療方式，甚至對新生兒撫觸，還能增加他的自體免疫力、刺激消化功能，並且減少焦慮。」她拿出一條黑布矇住我的眼睛，解釋道，「為了讓撫觸治療發揮最大功效，我需要你的完全信任，請把你自己全部交給我，你的視覺、你的聽覺、你的感官，都交給我，全心全意地注意我的撫觸。」

我深呼吸，眼前已是失去視覺的漆黑，我依照她的指示，專注感受她的一舉一動。是她的手，溫軟而細嫩的手掌，帶有微微的甜果香味，從我的臉頰開始撫摸，透過彼此肌膚相親的愉悅，我彷彿一吋一吋地被治癒，甚至被挑起某種我渴求卻深深壓抑的慾望，直到她逾越了界限，我似乎聽見了她的呻吟，那雙撫摸的手，一路伸進我的上衣領口，像隻亂竄的小鹿，躍到我的胸脯，她的呼吸很近，滾燙而誘惑地暴露在我的耳垂，記憶裡，她姣好的面容與胴體，不斷湧進我所處的黑暗，一切理智就此宣告崩潰，我放肆大膽地伸出雙手擁抱她，那是我做夢也不敢奢望的柔軟觸感，她沒有抵抗，讓我貪婪地從她滑嫩的臉蛋、脖頸，一路撫觸到……我的手停住了，在她襯衫領口的上方，脖頸與肩膀的交界處，我摸到了一道傷口，一道長約十公分的深粗傷口，像被刀劈砍的傷口，那個形狀與部位，像極了我剛剛用西瓜刀對「他」砍下的傷口。

而那道傷口，在我手停頓的剎那，猛然湧出了鮮血。

我聽見她在笑。

我連忙扯下矇眼黑布。

我的觸感沒錯，她的脖頸處確實有著一道刀傷，流出的鮮血染紅了她的醫生白袍。

但她依然笑著，她的嘴巴順著笑容幅度，竟然左右都擴張撕裂到了耳朵，我可以清楚看見她上下排全部的牙齒，甚至是牙齦以外的模糊血肉。

我想起在路上攻擊我的那張血盆大口。

近。

我來不及尖叫，裂開大嘴的她已朝我撲了過來，我連忙躲開，慌亂地拿出側背包裡的西瓜刀，狠狠地朝她頭上砍下，整把刀都嵌進她的頭骨，血從刀鋒的切口噴灑出來，但她像絲毫感覺不到任何痛苦般地笑著，依舊像頭飢餓野獸朝我逼近。

我逃命，拔腿狂奔。

奔出診療室，櫃台小姐看著驚恐慌張的我，竟然對我微微一笑，依舊保持著詭異的親切專業笑容，與隨後奔出的噴血裂嘴女醫師一樣，有著毛骨悚然的反差。但我哪顧得了那麼多，跌跌撞撞地奔跑，一路跑到了鄰近的派出所，裡頭員警看見我的狼狽模樣，都露出驚訝表情。

太好了，總算遇到正常人了！

我心想，還在劇烈地喘著氣。

「先生，你怎麼了？」值班員警走近我問道。

「那……那……那個女……女醫師……」我上氣不接下氣地回答，一面害怕地回頭張望裂嘴女是否有追上，「她想吃了……吃了我。」

「你說什麼？」員警皺眉。

「工……工業區那邊，那間診所……心靈診所的何……何醫師，她是妖怪，她要吃了我，救、救命啊！」我越講越急，因為我已經看見她的身影，從遠遠的那頭走了過來。

值班員警的表情看起來依舊困惑，而站在他身旁，年紀較大的資深員警，則是用手肘輕頂了他一下，指著我手臂上滿佈的紅色針孔對他咬耳朵，他聽完露出恍然大悟的表情。

「她要追過來了！你們要救我啊！救我！」我尖叫，裂嘴女距離派出所只剩下幾百公尺了。

「好好好，我們會保護你的，來，這邊先坐。」值班員警安撫著我，但我看到他的嘴角似乎微微上揚笑容。他引導我坐在牆壁前的長椅上，趁我還來不及反應時，他已經將我的右手，用警銬銬在牆壁的鐵欄杆。

「喂！你幹嘛？」我氣得跳起來大叫，「你瘋了是不是？裂嘴女要過來吃我了，你還銬我？喂！放開我！」

「好好好，你等一下喔，別急，待會就幫你做筆錄。」他無奈地聳肩苦笑。瘋了。

整間派出所的警察都瘋了。

全身血淋淋的裂嘴女，就站在派出所門口，頭上還插著一把西瓜刀。但他們全都視若無睹，依舊接聽自己的電話、整理自己的案卷。

而她還在笑，像闔不起撕裂地笑著，一步一步地向我走來。

「救命！救命！救……救救我啊——」

我的慘叫哀嚎，響遍了派出所，卻只招來警察嫌惡而冷漠的眼光。

被手銬銬住的我無處可逃，就算我再怎麼努力掙扎，還是阻止不了她爬上我的身體，撕裂的血嘴從我的臉上咬下，我聽見筋肉碎裂的脆聲。

我想，我會在眾目睽睽的派出所，被她生吞活剝。

又是一口劇痛的血肉，我徹底淹沒在自己的血腥與慘叫聲中。

救我！

作者注：在台灣其實沒有「心理醫師」的概念，正確說法應該是「精神科醫師」、「臨床心理師」及「諮商心理師」，本篇為了寫作之便，並未詳細區分。

第六罐　飢餓

阿國他很餓，花了三千元買了一個肉醬罐頭，警方卻破門而入，將他逮捕。

那隻圓圓胖胖的藍色機器貓，在我的年代叫做小叮噹，現在改名成哆啦A夢，牠擁有來自二十二世紀各式各樣神奇的道具，而這在之中，「如果電話亭」（もしもボックス）絕對是排名前三的佼佼者。你只要走進電話亭、拿起聽筒，說出你心目中的幻想世界，等待鈴聲響起，電話亭就會創造出你所希望的世界模樣。

多麼荒謬又夢幻啊。

第一天

我叫阿國，今年三十四歲，是一名單身的貨車司機。

因為三十四歲，所以我的臉龐有些歲月的風霜，甚至額頭髮線有逐步後退的趨勢。因為單身，所以總是寂寞空虛覺得冷，總是在上下高速公路交流道前的路旁流連，看那一家比一家還要霓虹清涼的檳榔攤，是不是又有年輕幼齒的新美眉登台，或是又推出了什麼火辣的養眼服裝。

就像現在，剛送完貨，正開著漆成草綠色的大貨車，準備從桃園忠義路接國道一號回台北。

但我的時速不到三十公里，因為我發現了極不尋常的事。

只見一路上冷冷清清，商家零零落落，竟然連一家檳榔攤、一位檳榔西施也沒有。我皺眉，放慢車速看著平日熟悉的街景，這條路我開了上百次，沒有道理會認錯路，更沒有道理才幾天的時間，整條路的檳榔攤就都收拾得一乾二淨，關門大吉，連個鐵皮都沒留下。

看不到熱褲薄紗，我一整個心頭煩悶，而且困惑，索性將貨車停在路旁，走進7-11想喝瓶沙士降降火氣。

「你好，歡迎光臨。」店員竟然站在門口鞠躬迎接我，整間超商空蕩蕩地，沒有其他客人，而我很快就發現原因，是一個詭異莫名的原因。

7-11裡頭竟然沒有賣食物。

沒有啤酒、汽水、御飯糰、思樂冰、麵包、綠茶、口香糖、冰棒、茶葉蛋、大亨堡、關東煮、洋芋片、泡麵、糖果、牛奶、果汁、巧克力……沒有，除了各式各樣的礦泉水以外，沒有任何可以食用的東西。

偌大卻沒有食物的7-11裡，堆滿了書籍雜誌、衣服帽子、內衣褲、紙尿褲、五金機油、玩具、佛具、文具、嬰兒用品、情趣用品、手工藝品、3C產品等等，千奇百怪，像是一間定位不明的雜貨店。

我滿臉狐疑，但也無可奈何，只好隨手拿了一瓶罐泉水到櫃台結帳，順口向短捲髮的女店員問道，「欸，你們店裡真特別啊，怎麼什麼吃的都沒有賣啊？」

「嗄？」女店員臉色大變，手中接過的礦泉水碰一聲掉到桌上。

「呃。」我皺眉，她大驚小怪的反應實在莫名其妙，「我是問，你們店裡怎麼沒有賣麵包啊，御飯糰、關東煮之類的，萬一客人肚子餓怎麼辦？」

「什麼？你說我們沒有賣什麼？」她想再次確認的聲音，竟然該死地在顫抖，眼睛還汪汪地湧出淚水。

「麵包！御飯糰！關東煮！」我大聲吼道，快受不了這個腦袋有洞的傢伙。

「哇！」她徹底崩潰嚎啕大哭，蹲了下去躲在櫃台旁，一邊哭泣、一邊瘋狂的喃喃自語，「不要傷害我，拜託，不要傷害我，我只是來打工的……」

「呃，搞什麼啊。」我傻眼，面對神經病，我也只能無奈搖搖頭，逕自放了二十元硬幣在桌上，拿了礦泉水走出超商。

人生不如意事十之八九，也不過就是運氣很背，進到一家莫名其妙的超商，遇到一位更加莫名其妙的店員罷了，我並沒有太放在心上。不過，等到我晚上七點多回到台北，停好貨車，獨自在街上踽踽時，才發現事情的嚴重性。

沒有牛肉麵，沒有飲料店，沒有麥當勞，沒有滷味攤，沒有自助餐，沒有燒烤熱炒生啤酒，沒有，什麼都沒有。難以置信的我，發瘋似地跑了好幾條街，卻真的一家賣吃的店都沒有，我就像走進了平行宇宙裡的詭異城市，明明是再熟悉不過的街景，卻被憑空剝奪掉所有提供飲食的店家。

更讓人崩潰的是，送貨搬運一整天、中午只隨便吃了十顆水餃，我現在肚子餓壞了，而家裡可是連一碗泡麵都沒有，所以前方不遠處閃爍藍色招牌的全聯，是我最後的希望。但我一走進店裡，就知道希望徹底破滅了。店裡陳列的商品琳瑯滿目，卻沒有一樣是可以吃喝的，我看著眼前擺滿櫃子的國中小參考書，徹底崩潰。

「欸，你們這家店那麼大，卻什麼吃的都不賣，這樣對嗎？」我不管櫃台排隊的其他顧客，逕自粗魯地衝著店員問道。

「啊？我們店裡不賣那種東西。」戴著粗框眼鏡的年輕男店員表情雖然訝異，但依舊冷靜地回答我。

「那種東西？什麼叫那種東西？」正在餓肚子，聽到他這樣無厘頭卻又一副理所當然的回答，滿肚子火都起來了，用力地拍桌吼道，「你們肚子餓不用吃飯是不是啊？奇怪耶你！」

面對我的質問，這頭殼壞去的傢伙，竟然拿起桌底下的電話報警，其他顧客們交頭接耳，議論紛紛，而先前在監獄蹲過的我，天生對警察過敏，不想惹禍上身，只好摸摸鼻子閃人，留下店裡眾人側目的怪異眼光。

回到家中，我翻箱倒櫃，卻連一包可樂果也找不到，只好胡亂灌了整瓶礦泉水，抱著咕嚕咕嚕叫的肚子入睡。

第二天

美好的週休二日早晨，我在台北街頭找不到早餐店。公園裡有老人在打太極拳，公車站有學生在等公車，路旁有上班族在看報紙，但整座城市就是沒有人在吃早餐。

我站在路口，看著原本最常去的麥當勞，現在變成了一座普通的商業大樓，那個大大的黃色M字，就這樣人間蒸發掉，突然一陣涼風吹過，我打了哆嗦之後，才完全清醒過來。

這不是夢，而是恐怖的真實。

我撥了通電話給死黨大頭，他是我最信任的朋友，也許能告訴我這個世界到底怎麼了。

「阿國喔？這麼早幹嘛啦！」大頭的聲音聽起來，是被電話聲挖起床的。

「約你出來玩阿！起床啦，懶豬！」我笑罵。

「約個頭啦！是要去哪兒啦？我還想睡耶。」大頭打著哈欠，勉為其難地接受我的邀約。

「先吃早餐再說啦，我肚子快餓死了。」我再自然不過地說。

但電話那頭卻沉默了。

「喂，大頭，有沒有聽到？」我以為是收訊不好。

「阿國，我沒在碰那種東西的。」他的語氣突然嚴肅地正經八百，「是兄弟才跟你說，改掉這毛病，那會害死你的！」

「喂！」我還想追問清楚，電話卻已經無情地掛斷了。

我坐在公園的長椅，試圖整理我所身處的詭異處境。

首先，我找過不知多少家超商超市，不管哪裡都沒有賣吃的，應該是可以確定了，而人們竟然把吃東西這回事看成犯罪，他們不僅不吃東西，還嚴重歧視像我這樣想吃東西的正常人。

那我該怎麼辦？

他們不吃東西看起來似乎可以活得好好的，但我不停哀叫的肚子可受不了。

後來，我在街上閒晃了一天，當然依舊沒有發現賣吃的店家，越走只是越讓自己消耗體力，而加倍飢餓罷了，天還沒黑我就放棄了，回到家中躺在沙發看電視，體內泉湧的飢餓感，不斷地干擾我的思緒，我知道這樣下去不是辦法，但也只能坐視它，一籌莫展。那晚我做了個夢，許多熟悉的美食在夢裡和我相見歡，我吃得大快朵頤好不開心，但真實世界只有半夜胃抽痛醒來的滿身冷汗。

第三天

我很後悔一早起來，就打電話回南投老家，跟老媽說我很想念她燉的藥膳排骨，因為電話那頭的她泣不成聲，苦苦哀求，希望我浪子回頭，不要去碰那些吃的，要腳踏實地好好做人。對啦，我想吃個藥膳排骨就是十惡不赦，我也懶得再多做解釋，直接將手機關機。

我很餓。

我已經超過四十小時沒吃東西了，就算是參加飢餓三十也不是這樣搞的，於是我選擇出門碰碰運氣，事情也許還沒到萬劫不復的地步。

剛好讓我遇見了他。

一個理平頭的中年男子，看出蹲在學校圍牆外、餓得快抬不起頭的我樣子有異，只見他鬼鬼祟祟地接近我，試探性地問道。

「餓嗎？」

我聽了差點沒噴淚，總算遇到一個講人話的，我連忙猛點頭，飢餓的口水從舌底不斷湧出，正想說些什麼，來表示我的激動時，「跟我走。」他比了個噤聲的手勢，四處張望後，才壓低聲音對我說。

我跟在他背後約莫兩步的距離，越過斑馬線穿過公園，我們走進老舊住宅區裡，人煙稀少的小巷。疑神疑鬼的他，探頭確認沒有被人跟蹤後，從外套口袋拿出一罐髒兮兮的罐頭。髒兮兮沒關係，重點它是一個罐頭，是我所熟悉懷念的、配飯下麵的好朋友，黃色外包裝的肉醬罐頭，在我眼裡，像正在閃閃散發光芒一般。

「三千元。」他伸手，神色緊張的他，焦急地跟我要錢。

「三千元？」驚訝的我不自覺地提高音量，這種要求我這輩子還真是沒聽過，一個肉醬罐頭想跟我收三千元？

面對我的質疑，他雖然皺眉，卻也沒再多說，收起罐頭就打算走人。

我後來還是買下了那個罐頭，畢竟物以稀為貴，在這個看似沒有食物的世界裡，就算再多花十倍的錢，也不一定買得到，即便它是一個已經過期三個月的罐頭。

回到家中，我迫不急待地拉開罐頭拉環，肉醬香味瞬間溢了出來，像是將我從惡夢中喚醒，我貪婪地用湯匙一口口的挖食，肉塊與油脂慢慢滑落我的食道，寸寸地撫慰我空虛的胃。

「叮咚叮咚叮咚叮咚叮咚！」

當我還沉浸在食物與飢餓的美妙對抗時，屋外突然傳來急躁而不耐煩的門鈴聲。

「誰啊？」左手拿著罐頭，湯匙還含在嘴巴裡，捨不得離開食物美妙滋味的我，打開了門。

精確的說，門才剛剛打開一個小縫，我就跟門一起被一隻粗魯的大腳給踹開。

我跌倒在地，疼痛而晃動的視角中，兩名男子突然衝了進來，手上還拿著槍，森寒的槍口竟然指著我。

「警察！不要動！」

站的離我比較近、高瘦身材，嘴巴正下方有顆黑痣的中年男子，一手拿槍，一手拿著紅色的刑警證大喝道。

「呃，這是什麼狀況？」一頭霧水的我，只能從嘴裡拿出湯匙，呆呆躺在地上看著他們。而另一名留著俐落平頭、看起來短小精悍的年輕警察，毫不客氣地一把奪走我的湯匙跟罐頭，交給黑痣警察裝進證物袋內，他自己則是用流暢的動作將我銬上警銬。

「現在依食用有機物罪的現行犯逮捕你，請你跟我們回分局一趟。」平頭警察將我提了起來，從後頭壓住我的肩膀，迫使我往門外走。

「喂！不對吧？我只是在家裡吃個罐頭耶？這犯什麼罪？喂……警察打人啊！喂……」我大聲嚷嚷，完全無法接受什麼食用有機物這種聽都沒聽過的鬼罪名，但兩名警察充耳不聞，硬是把我壓上了警車。

分局，偵查隊。由黑痣警察詢問我，平頭警察則負責打筆錄。

「你需要請律師嗎？」

「不用，我只希望快點放我走。」

「你為什麼要食用罐頭？」

「因為我肚子餓。」我翻了翻白眼，這什麼白爛問題。

「你的罐頭從哪裡取得？」

「跟一個男的買的，名字我不知道，我是在和平高中外面遇見他的。」

「你用多少代價取得？」

「三千元。」說完我不禁噗嗤笑了出來，現在想想還真的很荒謬，竟然花了三千塊買一個罐頭。

「罐頭裡面裝什麼東西？」

「肉醬啊。」

「你用什麼方式食用罐頭？」

「用湯匙挖啊。」

「是這隻湯匙嗎？」黑痣警察提示證物袋裡的湯匙。

「是啊。」我再度翻了翻白眼。

就這樣，莫名其妙的筆錄作了快一個小時，做完警察還對我按指紋、拍照、採集尿液等有的沒的，好不容易分局偵查隊的程序都結束了，他們竟然還把我移送到地檢署去。我坐在警車上，只吃了半罐罐頭的腸胃，又開始飢餓地哀鳴。

地檢署，內勤偵查庭。

男檢察官看起來四十出頭年紀，帶著一副閃閃發亮的金框眼鏡，面上表情嚴肅而緊繃。

「蘇正國，你涉犯食用有機物罪，你可以保持緘默，無須違背自己的意思陳述，你可以選任律師，可以請求調查有利的證據，如果你是中低收入戶或原住民，可以請求法律扶助。以上權利，你清楚嗎？」

「我有意見。」我大大搖頭，完全不清楚這個神經病的罪名，「什麼叫做食用有機物罪？吃肉醬也犯法嗎？」檢察官依舊面無表情，將桌上的六法全書交給法警，法警將它翻開給我看。

「有機物危害防制條例，第十條第一項，食用有機物者，處三年以下有期徒刑，應併科鞭刑。」

看完條文，我不禁嚇了一大跳，尤其讀到最後「鞭刑」兩個字時，更是膽顫地打了哆嗦，台灣什麼時候有了這麼不人道的刑罰，人權團體難道沒有好好把關嗎？

「今天下午一點二十三分，你是不是在家中食用肉醬罐頭被警察查獲？」檢察官問道，鏡片裡的雙眼顯得更加銳利。

「是。」我現在腦袋昏沉沉地，不斷想像傳說中在遙遠的新加坡國度，那個慘絕人寰的鞭刑。

「提示分局偵查隊的初步鑑定報告，你的採尿結果經化驗，有機物代謝呈陽性反應，你有沒有意見？」檢察官請法警將鑑定報告交給我。

「沒有意見，我是真的有吃肉醬。」我的腦袋依舊無法思考，難道我真的會因為吃肉醬，就被他們吊起來打嗎？實在是太瘋狂了！這個世界到底怎麼了？

「好，因為你自白犯罪，又有尿液初步鑑定報告為證，我將依有機物危害防制條例第二十四條第一項規定，向法院聲請羈押與即時處分。」檢察官有條不紊地說著，像在處理再平常不過的例行公事，但在我聽來，他嘴裡說的滿是瘋狂的外星語言。

「我不服！吃肉醬是要羈押什麼？什麼鞭刑？我要見律師！我要開記者會！你們瘋了！你們全部都瘋了！」我聲嘶力竭地反抗，不管是言語或是肢體，但偵查庭外衝進來幾個法警，三兩下就將我壓制，並銬上腳鐐手銬，在情緒激動的混亂視線中，我隱約看見偵查庭上穿著紫色法袍的檢察官，推了推他的金邊眼鏡，暗暗地嘆了口氣。

接下來的程序飛快地進行，在三個小時之內，我經歷了拘留室、囚車、羈押庭，女法官毫不留情地判了我三個月有期徒刑及鞭刑十二下，我的律師只能拍拍我的肩膀，說他盡力了。

晚上九點多，我穿著受刑人的汗衫短褲，被兩名獄警架在陰暗的監獄甬道上，拖行的腳步，迴盪著腳鐐匡瑯匡瑯的聲響。站在盡頭等我的，是一位穿著白袍、醫生模樣的老先生，他向獄警點了點頭，獄警開始分工合作扒掉我的衣服，完全赤裸的我，量了耳溫與血壓、老醫生拿聽診器聽了聽我的胸部、手指按壓我的腹部等檢查後，向獄警表示我的身體沒有問題，於是我被帶了進去，光溜溜地進去那個從來只存在我想像中的地方。

鞭刑室。

裡頭站著一個獄警，而身材魁梧的他，手裡的「東西」完全抓住了我的目光，那是條長約一百二十公分、手指頭大小粗度的籐鞭。

我放棄了所有抵抗，打從被那兩個警察逮捕的那一刻開始，我就知道抵抗只是白費力氣，甚至會讓自己吃上更多苦頭，我就像一灘爛泥一樣被丟上刑架，沒辦法，我的雙腿早已被想像的恐懼震懾到無法動彈，我趴在長桌般的刑架上，兩名獄警將我的雙手雙腳牢牢地與刑架綑綁，我像是彎曲成九十度的待宰肉塊，突出著滑稽翹高的光屁股。

等獄警都停下動作，整間鞭刑室就陷入了一片死寂，等待是這段過程最難熬的折磨。

「第一鞭。」我突然聽到背後有人開口說，然後鞭子破空的聲音疾速響起。

「啪。」鞭子像一把利刃，飛快地在我的臀部留下一道深刻入裡的疼痛，我看不見傷口，但劇痛卻瘋狂地將我撕裂。

然後「第二鞭。」

第一道疼痛還沒過去，更高的裂痛又如海嘯般湧起，我的感官被爆炸撐大，刺激的淚水鼻水爬滿臉龐，我慘叫，我哀號，我願意用一切交換，快停止那條鞭子。

然後「第三鞭。」

痛，至痛，徹底崩潰的疼痛。

嘶啞的喉嚨，早已無法承載的巨痛，我放棄哀叫，因為連呼吸都傳遞著疼痛。

然後「第四鞭、第五鞭、第六鞭、第七鞭、第……」

我已聽不清楚行刑獄警的那些計數，在我因劇痛而扭曲的視線中，我隱約看見，在陰暗的鞭刑室角落，有一個不應該存在的女生，披頭散髮地站在那裡，陰沈沈地看著我，那雙同樣陰暗的眼睛，似乎有種說不出的哀怨。

我很清楚那是幻覺，但也顧不了那些幻覺了，因為從臀部崩裂的疼痛、鮮血、知覺、慘叫，正四分五裂地拉扯我的靈魂，打從心底的最深處，我被打暈了過去。

當我在黑暗中醒來時，鞭刑室的噩夢都已遠離，我趴在獨居牢房的硬板床

上，麻痺而失去知覺的臀部，像不是我的一樣，累贅似地垂在我的下半身。

再來，我必須在這個不到兩坪的狹小牢房，度過我被判的，那該死的三個月有期徒刑。但這都還不是最糟的，更糟的是，又經過十幾個小時沒進食，我的肚子理所當然地感到嚴重的飢餓，腸胃彷彿糾結在一塊，我感覺到胃酸在我的腹部亂竄，正奔流著岩漿般燒灼的飢餓。

第九十四天

我無法詳細描述這三個月服刑的過程，畢竟那股有如鬼魅的飢餓，不斷地干擾我的理性，我無法理解或想像，監所裡的生活如果剝奪掉三餐，該怎麼度過，而這段期間，我也常常因為極度飢餓而冒冷汗、視力模糊、暈眩，乃至昏迷，但監獄醫師的診斷結果，卻顯示我的身體狀況一切正常，更嚴苛的解釋，就是我在裝病。

於是換來了強度加倍的懲罰，不僅獄警一個比一個還愛整我、刁難我，就連獄友都看我不順眼，私底下對我動手動腳，而獄警對我身上與日俱增的不明傷疤與瘀青，當然睜一隻眼閉一隻眼。為了生存，我只好極力隱瞞自己的飢餓，即便所有生理的反應都向我發出警訊。

我還是咬牙忍耐下來，有太多夜晚我蜷縮在牆角床邊，像是毒癮發作的毒蟲一般，讓飢餓恣意地吞嚙我的五臟六腑。

我好餓。

好餓。

真的好餓……

當我出監時，我的體重比入獄時減少了十七公斤，我走出監獄時，雙手雙腳都在顫抖，因為虛弱，更因為飢餓，我知道一切都已來到了邊緣，於是我回到布滿灰塵的家中，拿了貨車鑰匙就往外走，我開著貨車上路，當然不是送貨，被關了三個月，想必早就被老闆炒魷魚了，我只是知道自己必須要逃，逃離這裡，逃離飢餓，逃離這個瘋掉的世界。

雖然我根本不知道該往哪裡逃。

也許在冥冥之中，一切都是注定好的，又或許我真的命不該絕，我漫無目的地開著貨車行駛在省道上，當三個多月未進食的飢餓，即將一拳擊斃了無生趣的我、連同正在駕駛的這輛貨車，一起撞向毀滅時，我目睹了一場車禍。

我前方的黑色休旅車，面對一隻突然從路旁衝出的黑色土狗，煞車不及，直接將它碾了過去，差點打滑翻車的休旅車也沒多作停留，反而加速駛離現場。

那條一命嗚呼的土狗，就這樣躺在地上，破裂的肚子流溢出黃白腸液與紅色鮮血，牠的眼睛沒有闔上，還圓睜著車禍瞬間反應不及的驚恐。

來來往往的車輛都繞過了牠，沒有人願意停車下來多看死狀悽慘的牠一眼，除了我，我將貨車停在路旁，下車走近牠的屍身。省道上來去的車輛不少，於是我先將牠拖行到一旁，而在這個過程中，我聞到嗆鼻的血腥味，那是生物體內最原始的氣味。

我吞了吞口水。

我的手沾染了牠的體液，黃色黏熱、果凍般的體液，從牠破裂毛肚流出的體液。

我將它慢慢放進了嘴裡，吸吮。

我想我瘋了，無法承受的飢餓已經將我逼瘋。味蕾傳來的滋味，竟是那麼無法抑制的貪婪美味，我從吸吮，變成用手撿拾、甚至挖取牠的腸胃內臟塞進嘴裡，滿嘴的血腥滑膩，卻扎實地帶給我「肉」與「食物」的認知，我積壓已久的飢餓，開始一點一滴地得到解救，忍不住狼吞虎嚥起牠的屍身，不管我臉上身上濺滿的液體多麼狼狽，我只知道要不斷地用「塞入」與「吞嚥」尋得滿足。而當體內如火焚的飢餓稍稍得到遏止後，我才發現周遭放慢速度行經的車輛，裡頭有好幾雙不友善的眼光。

我沒有忘記自己為什麼被鞭刑，又為什麼被足足關了三個月，於是我抓起牠殘剩的屍體往貨車上跑，我知道自己必須要逃，剛剛目睹我當街吃狗的民眾，也許有人已經報警了，我不能再被警察抓到了。我繼續開著貨車，行駛在逃逸的路上，嘴裡卻停不下咀嚼一塊塊的皮毛、生肉與血水。

我想，我至少能躲掉一陣子的飢餓吧。

第一百零三天

清晨，剛剛才從嘉義市區躲掉一輛警車的追緝，渾身冒冷汗、餘悸猶存，體內的飢餓更盛，自從上次那條狗之後，我不知道又幾天沒有進食了，忍耐又已來到了邊緣，手握方向盤的我，隨時都會和理智一同出軌。前方路口由黃燈轉成紅燈，我右前方車道的轎車，已在路口停下車輛，而我看見斑馬線上一名身形佝僂的老太太拄著拐杖，正蹣跚地走過路口。

對不起，我實在是太餓了。

我沒有放慢速度，反而重重地踩下油門。

第零天

「蘇正國！蘇正國！起來了。」

我在睡夢中被輕易喚醒，事實上，宣判後的這幾個月，我沒有一天睡得安穩。

牢房外來了兩名獄警，透過深夜鐵窗外的黯淡月光，我依稀看見他們的面容，一位年紀較大，高瘦身材，嘴巴正下方有顆黑痣；較年輕的另一位則留著俐落平頭，看起來短小精悍。平頭獄警拿了一套新衣服叫我換上，我明白他的意思，該來的總是躲不掉。即便如此，我拿著衣服的手卻仍止不住顫抖，我的動作很慢，換了有生以來最久一次的衣服。

然後，我跟他們走出了牢房，他們一左一右帶著我往前走，我的腳步很慢，不是因為沉重的腳鐐，而是我知道，在深夜裡等著我的是什麼。

「阿國大仔，怎麼這樣慢吞吞的啊？」平頭獄警似笑非笑地挖苦我。

「你會怕嗎？」黑痣獄警也加入嘲諷。

我沉默，此刻根本沒心情去搭理他們。

「怕什麼啦！你把肉票活活餓死的時候，怎麼不會怕？」平頭獄警的語氣，聽起來有些情緒。我依舊沉默，儘管被他的話又挑起回憶那天的場景，披頭散髮的她蜷縮在地，活像條乾癟的蟲。

你問我會不會對她感到虧欠？

前往刑場的路不夠長，所以我無法好好思考這個問題。寂靜的深夜，被我手銬腳鐐的匡瑯匡瑯聲劃過，我一路來到刑場旁的偵查庭。裡頭等待我的，是穿著黑色法袍的書記官，以及穿著紫色法袍、戴金框眼鏡、四十歲出頭的男檢察官。

檢察官確認我的人別身分之後，說待會兒要執行死刑，問我還有沒有什麼話要說。

我想說話，腦中卻只充滿了不想死的懼怕與脆弱，我的嘴唇發顫，沒想到到最後，我竟是一句話也說不出來。當檢察官請我離開偵查庭時，我瞥見他推了推金框眼鏡，暗暗地嘆了口氣。

離開偵查庭，距離刑場不過就剩下幾十公尺。刑場地上鋪滿了黃沙，中央墊著一床棉被，而在一旁的小方桌上頭則擺著滷味、包子、饅頭、牛肉等飯菜，還有一瓶高粱酒跟一包香菸。

我知道，這是傳聞中的最後一餐，但現在全身軟弱無力的我，只感覺體內翻攪著噁心，根本吃不下任何東西，於是我只能用顫抖的手點了根菸，讓煙霧瀰漫視線，模糊我不願面對的真實。

但該來的總是躲不掉，大概十幾分鐘吧，身材魁梧的槍手已經準備就緒，我被兩名獄警帶到刑場中央那床棉被上，我趴了上去，法醫從頸後注射麻醉藥劑，據他的說法，我八秒內就會失去意識。

然後，整座刑場陷入一片死寂。

我知道，槍手正在我身後用槍指著我，而我不敢倒數自己的人生還剩下幾秒，我拚命地張口呼氣，眼睛盡我所能地環視四周，每一口、每一眼，都可能是我的最後一次。

我看見她就躺在我面前，披頭散髮的蜷縮在地，活像條乾癟的蟲，關不上的眼裡，有說不出的怨恨。

然後我聽見槍響。

第七罐　捉迷藏

拿一根白色蠟燭到鬼屋試膽，記得永遠不要吹熄蠟燭，不然你就會……

我永遠不會忘記，那天是民國八十七年七月十二日，是高中的最後一個暑假，接下來，即將面對萬惡的大學聯考，為了抓住青春的尾巴，我們四人幫決定幹點瘋狂的事，來好好紀念高中生涯。

當時，電影《七夜怪談》裡那隻會從電視機爬出來的貞子正紅，而星期六晚上十點多打開電視，還有《鬼話連篇》可以看，露手、多腳、半張臉等模模糊糊的靈異照片，三不五時就在校園間流傳，「鬼」無疑是時下最流行的話題。

於是，我們把腦筋動到了飛哥身上。

「靠！你們很無聊耶。」聽見我們的提議，飛哥皺眉。飛哥是我們這伙四個當中年紀最大、體格最魁梧、個性最成熟穩重的，但最重要的是，他家裡是開神壇的，每天晚上都有民眾會到他家去燒香問事，他爸當了十幾年的乩童，從小耳濡目染的他，多少也懂得那些禁忌的靈異，不過他從不主動提起，總是要我們苦苦哀求，才偶爾告訴我們學校的第幾間廁所不要去、裡面很陰之類的，聽起來像嚇唬人的鬼話，雖然我們後來也真的都打死不去上那間廁所。

「拜託啦！帶我們去找鬼啦！」個頭最小，但個性最急躁的阿猴耐不住性子，邊跳邊說。

「這是最後的暑假了，飛哥你就好心點，帶我們出去見見世面吧！」我叫大

頭，顧名思義就是頭很大，但好不容易想到這麼好的點子，又一直勸不動飛哥，讓我的頭更大。

「哎呀，大家別這樣。」肥仔擦著額頭不斷冒出的汗水，夏天到了，肥胖的他活像一塊行動乳瑪琳「既然飛哥不想，那我們就不要勉強他了！我們再想想有沒有其他好玩的，比如說，大胃王比賽、吃鹹酥雞之類的也不錯。」提到鹹酥雞，他情不自禁比了個大拇指。盧到最後，當然沒有讓膽子最小的肥仔得逞，用一張翁虹海報作為交換條件，我和阿猴總算聯手說服了飛哥。

在那個民風保守的年代，青少年深夜在外遊蕩，是不被允許的，所以我們只好趁著家人早已洗洗睡的空檔，或爬窗戶或翻圍牆，各自用自己的方式，在凌晨的十二點多，打著呵欠，騎著腳踏車，到寂靜漆黑的校門口集合。

「哈啊嗯……好想睡覺喔。」肥仔揉著惺忪睡眼，吃著草莓棒棒糖，勉強打起精神。

「奇怪，都十二點十分了，飛哥怎麼還沒來？」阿猴耐不住性子來回踱步。

「來了！」我指著路口，只見飛哥腳踏車上掛著一包塑膠袋，遠遠地騎了過來。

「哇！飛哥你真有心，還特地帶宵夜過來啊？這怎麼好意思。」肥仔笑得闔不攏嘴，但打開飛哥手中的袋子一看，裡頭不是滷味雞排，而是四隻白色的長蠟燭，每隻粗度跟手指頭差不多。

「蠟燭？這可以吃嗎？」拿起蠟燭猛聞的肥仔依舊不死心。

「時間差不多了，我們走吧。」飛哥毫不搭理一臉涎樣的肥仔，腳踏車逕自往前騎去，今天的他，跟平常嘻嘻哈哈的模樣很不一樣，有股說不出來的嚴肅，也為這個深夜平添幾許詭異的氛圍。

十幾分鐘的車程，黯淡的月光下，我們繞過漆黑沉靜的巷弄偏街，來到一大片空地，上頭有棟廢棄的舊式二樓空屋，只見空屋外紅磚斑駁，爬滿了藤類植物，地上滿布著破瓦碎木，瀰漫著不適人居的荒蕪。停好腳踏車，我們站在空屋前，一陣涼風颼颼吹過，帶著某種禁止的暗示。

「這……這間房子看起來很恐怖耶……」胃最大膽最小的肥仔，摩擦自己微微發抖的雙臂「還是我們別進去了，改去7-11吃宵夜如何？」

「這間是鬼屋嗎？」阿猴興奮地問道，自動忽視掉肥仔的提議。飛哥卻搖了搖頭「什麼鬼屋不鬼屋的，很多都只是人們的穿鑿附會。」他指著面前空屋，「這間屋子一看就是年久失修，起碼五年以上沒有人居住，房子久未人居、牆上又爬滿了黃金葛，從風水上來說，本來就容易聚陰，現在又正好是子時，一天之

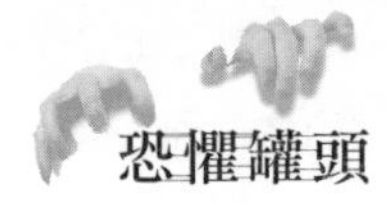

間陽氣最弱的時刻，我們很有機會在裡頭見到鬼。」

「哇，聽起來真不錯。」我話雖是這樣說，但聽飛哥講得煞有介事，心底其實隱隱有些發毛。

「太棒了，我們走吧！」阿猴說著就要往裡頭走去，卻被飛哥一把抓住。

「同學快兩年了，大家就別裝模作樣了，現在後悔還來得及，我再跟你們確認最後一次，你們真的要進去嗎？」飛哥的臉上沒有笑容，我才想起，家中開設神壇的他雖然很少提起鬼神之事，但每次講到，他總是這般一號的正經表情，滿是敬天畏神的嚴肅。

這是一道困難的選擇題。

阿猴就不用說了，急著跳腳的他，恨不得自己先衝進去探路。我則顯得有些為難，雖然飛哥越是嚴肅強調，我就越害怕，但又不甘心半夜趴起床偷溜出門，卻只在空屋門口晃一下就草草收尾，這跟當初我設想的瘋狂活動有著不小落差。而沒想到，最後竟然是肥仔投下了肯定票，原因是他不敢落單一個人回家，對於原地解散這個選項，他完全無法接受。

於是，飛哥走在前頭，推開半塌的木製大門，我們魚貫走了進去。

破落的窗門透進月光，陰暗的視線中看見灰塵飄散，裡頭擺著破爛朽敗的桌椅家具，垃圾瓶罐散落倒置，牆腳壁邊長滿了白絲蜘蛛網，一樓只有一面蛀蟲發霉的木板作為隔間，通往二樓的紅木樓梯則已經塌陷，無法上樓。

「沒有啊，什麼鬼都沒有看到。」在空屋內四處走動查看，卻一無所獲的阿猴，失望地說道。

「來，一人拿一隻。」飛哥的表情依舊嚴肅，只見他將袋子裡的白蠟燭分給我們，每人拿著一隻蠟燭，和一張墊在蠟燭底部的小紙板，他拿出打火機，點燃了各自手中的蠟燭，為漆黑的空屋，帶來四小團微弱溫暖的燭光。

「看到蠟燭，就好想吃蛋糕喔。」肥仔看著燭光焰動，幽幽地嘆了一口氣。

「你別什麼都想到吃，待會見到鬼，看你還吃不吃得下！」我訕笑。

「點蠟燭就可以見到鬼嗎？」阿猴皺眉問道，看來今晚沒見到鬼，他是不會善罷干休的。

「我們來玩捉迷藏吧！」

面對大家的詫異，飛哥頓了頓，繼續說：「捉迷藏這個遊戲，在世界各地有不同的名稱、不同的玩法，但有一種絕對的共同點，就是——都要有人當鬼。」

他說完，我們都不由自主地從毛細孔冒出寒意。

一是因為要在這間破舊陰森的空屋裡玩捉迷藏，本身就是很可怕的事情，二是因為飛哥簡單扼要的說明卻頗具邏輯，光用想的，就覺得半夜玩捉迷藏，好像真的很容易招來鬼魂。

「所以說，我們要躲起來，等鬼來捉我們？」阿猴問道，興奮之情溢於言表。

「沒錯，我們的躲藏是一種邀請的訊息，留在這間空屋的鬼魂如果接受了，自然就會現身跟我們玩，而我們躲藏得越認真、越有誠意，邀請到它的機會就會越高。」飛哥點頭解釋道。

「蛤！那被鬼抓到怎麼辦？我會不會被吃掉？」肥仔緊張地雙腿發抖。

「不用擔心啦，飛哥那麼罩，一定有隨身攜帶什麼符籙啊、桃木劍之類的防身，對吧？」我乾笑，其實也有些擔心。

「蠟燭會保護你。」飛哥的表情一點都不像開玩笑，「只要你不吹熄蠟燭，鬼就找不到你。而在蠟燭完全熄滅之前，捉迷藏遊戲就會繼續進行。所以你們一定要記得，不管待會兒看到什麼，都不要現身，更不要自己吹熄蠟燭，否則後果不堪設想。」

「哇！這個捉迷藏的遊戲，還真是輕鬆簡單又好玩。」我繼續乾笑，對手裡的這隻蠟燭實在沒什麼信心。

飛哥向輕佻的我白了一眼，再次鄭重地強調：「**不管發生什麼事，絕對、絕**

對不要自己吹熄蠟燭！」

於是，捉迷藏遊戲開始了，在一樓僅有的兩個房間、十幾坪的空間裡，我們各自找地方躲藏，還好空屋裡廢棄的家具不少，就連體積最大的肥仔，都找到鐵床底下當作棲身之所，再用廢紙箱、報紙遮遮掩掩，勉強還算是個完美的掩藏。而我自己則是找了個木質衣櫃躲了進去，破爛的衣櫃剛好在我的眼睛處有個破洞，讓我可以從裡頭窺伺外面的情況。

沒多久，大家都藏好了。

等鬼來抓。

整座空屋突然又回到初時我們尚未進來前的寂靜，有些許的聲響，但都能歸於深夜的聲音，我能從小小破洞看見的，只有不見四盞燭光、滿室的漆黑，偶爾吹來一陣風，因而陰影飄動。

我沒有戴手錶出門，於是時間的計數，只剩下自己的感覺，剛開始，我還在心裡默算大概過了幾分鐘，但久了之後，就分心到其他地方去，搞得現在只能看著漸漸短少的蠟燭，推估到底過了多久。

蠟燭已經剩下三分之二的長度，衣櫃外依舊沒有任何動靜。

避免搖曳的燭光外露，我用手稍微遮掩著蠟燭，而大家為了能達到此行的目的，莫不展現最大的誠意努力躲藏，至少在我的視線範圍內，空屋還真的就是空屋，看起來空無一人地安安靜靜，彷彿只剩下躲在衣櫃的我，獨自一人在玩著捉迷藏，其他三人則宛如憑空消失了。

所有人都消失的錯覺，混雜著失去計數的時間，讓我覺得周遭事物都沉默、靜止下來，只有我的呼吸與燭光還在，這之間好像過了幾分鐘，又好像已經過了十幾年。

我滿腦胡思亂想著，手中的燭光卻突然讓我泛起了疑惑，似乎從某一個我沒注意到的時刻開始，這隻蠟燭的長度就不再減短了。

正當我覺得奇怪之際，櫃子之外有了動靜。

那是三三兩兩的腳步聲。好像有人走進空屋內了，我連忙將眼睛湊近破洞一看，只見一夥人拿著手電筒走了進來，有男有女，算了算，跟我們的人數一樣，剛好四人。透過他們手上拿著手電筒的光亮，我大致看見他們的面容，是群年紀跟我們差不多的年輕人。

「你們很煩耶，為什麼一定要來這裡嚇我啦！」四人中唯一的女生哭喪著臉，看起來是真的很害怕。

「欸，身為中原大學的學生，沒有來中壢鬼屋走走怎麼行呢？說出去會被人家笑啦！」一個高高壯壯、皮膚黝黑的男生笑道。

「王學長，我們真的要在這裡面玩遊戲嗎？」一個帶著黑框眼鏡，看起來一副書呆子模樣的男生問道。

「當然啊，這裡就是今晚試膽大會的最高潮，大家請坐。」被叫做王學長的男子剛好背對我，所以我看不見他的長相，只聽見他低沉而沙啞的聲音。

他們三人依言，跟王學長一起席地而坐，聽到這裡，我已經瞭解事情的大概：這四位是中原大學的學生，暑假跟我們一樣閒著沒事，半夜來這裡找樂子，還玩什麼試膽大會，真不知道他們如果發現空屋裡其實有人時會怎麼樣，搞不好會嚇得落荒而逃。一想到這裡，我就覺得暗暗好笑，不過飛哥的提醒言猶在耳，所以我跟大家都繼續不動聲色，繼續完美地隱藏自己。

「學長，我們要玩什麼啊？能不能見到鬼啊？」黑壯男顯得興致勃勃，我聽了暗暗好笑，又是一群想見鬼的人，但今晚這間空屋擠了那麼多人，我看鬼也懶得現身了吧。這樣也好，但我們該躲到什麼時候，就是個大問題了，而萬一他們也跟我們一樣玩蠟燭躲貓貓，那就尷尬了。

才想著，那個王學長就拿出了四隻蠟燭分給他們，我的心頓時往下一沉。

「請大家關上手電筒，點燃蠟燭。」他們都依言照做，空屋內又出現了四盞燭光。

「你們聽過『怪談百物語』嗎？」王學長問道。

「是不是日本那個一群人點蠟燭說鬼故事的活動？」書呆子回應。

「沒錯，百物語是日本傳統的怪談會之一，相傳在深夜裡點燃一百根蠟燭，每說完一個怪談，就吹熄一根蠟燭，當蠟燭全部吹熄後，就是鬼魅現身之時。」王學長用他沙啞的聲音說著鬼怪之事，在深夜裡的空屋聽起來，竟也有些讓人感到發毛。

「聽起來好可怕，我可以不要玩嗎？」女生一副舉雙手投降的樣子。

「可以啊，那待會宵夜永和豆漿都妳請客。」黑壯男大笑道。

「學長，但是我們只有四個人四根蠟燭，要怎麼玩百物語啊？」書呆子不解。

「哎呀，就是玩個氣氛嘛！」王學長笑了：「我們都不是什麼專業人士，萬一招來鬼魂也不太妙，所以我們玩個迷你版的體驗看看就好，為今天的試膽大會畫下完美句點。」聽懂他們的活動之後，我鬆了口氣，至少看來他們不會在空屋裡東翻西找了，那我就安靜地聽完鬼故事、等他們離開之後再出來就好，免得嚇到他們。

我想，其他人大概也是這樣想的吧？

「我先來！」黑壯男一馬當先：「我先聲明，這是一個很可怕的鬼故事，小薇如果妳會怕，可以抱我沒關係。」

「誰要抱你啦！」小薇吐舌表示不屑。

「這是發生在一個山上偏遠村落的真實故事，在台東山區住著一位老婆婆，她自從老伴過世之後，就都是一個人居住，自己料理三餐，過著簡單樸實的生活。有一天，她煮完中餐要吃的粥之後，突然覺得身體不適而病倒了，不明原因的渾身發冷、顫抖，結果足足在床上躺了三天三夜才康復，而醒來的第一件事，就是把那碗粥喝掉，喝完之後，覺得自己好像比以前更年輕了。」黑壯男用陰陽怪氣的聲音說著故事。

「後來呢？」書呆子追問。

「沒啦！The End了，真的是好可怕的鬼故事啊！」黑壯男笑道。

「什麼啦？可怕在哪裡？」小薇嚷著。

「欸！老婆婆吃的粥是三天前的耶，這還不可怕嗎？簡直嚇死人了！」黑壯男大笑，不顧眾人的白眼與噓聲，得意地吹熄手中的蠟燭。

空屋內又暗了些，只剩下三盞蠟燭。

「換我！」書呆子推了推眼鏡，看來是有備而來「這個是很經典的鬼故事，也許大家都聽過了，就是有一對男女朋友，他們原本感情很好，但男生愛上另一個女生，於是同時和兩位女生交往，東窗事發後，他選擇跟原本的女友分手，女友無法接受這個殘酷的打擊，於是選擇用跳樓自殺，來結束自己的生命，並在遺書上寫著，一定會變成厲鬼回來找男友報仇。男友知道後非常害怕，拜託朋友找來一位道士，道士跟他說，女友的怨氣太重無法化解，她頭七之日會回來找他，但只要能度過那晚，就可以化險為夷。而因為人死後，屍體都會變得僵硬，所以她無法彎腰，你就好好躲在床底下，讓她找不到你，撐過頭七就沒事了。

男友按照道士的話去做，在女友頭七那天，太陽一下山，他就鑽到床底下躲藏，而當天深夜，他的房門被風悄悄吹開，咚咚的腳步聲在房內響起，他竟然聽見死去女友幽幽的聲音，重複喃喃唸著：『找不到……找不到……找不到……』他嚇得半死，躲在床底下不敢出聲，突然外頭的腳步聲停了，他張眼看向床底之外，只見女友用頭著地，頭破血流的眼睛直盯著他，『找到了。』隔天，男友被發現陳屍在床底下，身上沒有任何傷口。道士一直想不透為什麼自己的方法會失效，但後來他明白了，原來女友墜樓時是頭先著地，所以回來索命時，就是一路用頭跳呀跳的。」

「嗚，好可怕。」小薇摀著臉。

「老哏了啦！這個我國小就聽過了。」黑壯男不太服氣。

我聽了則是在憋笑，想必此時此刻，躲在床底下的肥仔聽了這個鬼故事，一定全身發抖吧。

書呆子聳聳肩，吹熄了蠟燭。

剩下兩盞蠟燭的亮度。

「小薇，換妳了。」王學長提醒。

「喔，好。」小薇調整坐姿，清了清喉嚨，「這個鬼故事是我從電視上看來的，我自己是覺得滿可怕的。就是有一個五歲大的小女孩，生日時，家人幫她辦一場派對，親人朋友聚在一塊，大家都玩得很開心，小女孩更是開心地大叫大跳，而氣氛正熱絡時，小女孩忽然臉色大變，還來不及哭，就砰一聲倒在地上，全身抽蓄，緊急送醫後仍然不治死亡，死因不明。後來，在小女孩的告別式上，家人播放小女孩生前最後的錄影畫面來懷念她，也就是那個不幸的生日派對，結果大家發現，影片中的小女孩竟然不是自己在那邊跳，而是有一隻慘白的手，緊緊抓住小女孩的頭髮，不斷地上下晃動，起初小女孩還覺得很好玩，而開心地笑，直到那隻手越晃越大力，越晃越大力……」

「哇，這個鬼故事我沒聽過，還滿可怕的。」書呆子說。

「還好囉，勉勉強強六十分，截至目前為止，還是我的最可怕。」黑壯男冷笑。

「你的哪裡可怕了？爛死了好不好。」小薇笑罵，吹熄了眼前的蠟燭。整間空屋，只剩下最後一根蠟燭。

他們也都安靜下來，等待最後壓軸的鬼故事。

王學長背對著我，大概先靜默了五秒鐘左右。

說到時間，我發現自己手裡的蠟燭依舊燒著，長度竟然跟他們進來前一模一樣，但我明明就聽了三個鬼故事了，怎麼可能蠟燭都沒變短？我心下駭然，覺得非常不對勁，而他的故事也開始說了。

「你們知道中壢鬼屋，也就是我們現在坐著的地方，關於它的靈異故事嗎？」王學長問道。

「好像……嗯……是不是這裡曾經發生過火災？」書呆子說。

「對。」王學長繼續接著說，「大概十幾年前吧，有四位高中生跟我們一樣，到這間屋子裡夜遊，他們為了要見到鬼，於是三更半夜在這裡玩捉迷藏。」

我聽到這裡，面對他所說的故事情節，以及手中持續燃燒卻不曾減短的蠟燭，腦袋轟隆隆地一片空白，無法思考，但心底卻隱隱起了一個不太妙的想法。

「玩捉迷藏怎麼見到鬼？」黑壯男質疑。

「據說，他們每個人拿著一根蠟燭，在深夜的空屋裡躲起來，因為沒有人當鬼，所以真正的鬼魅會現身，跟他們一起玩捉迷藏，而那根蠟燭可以保護他們，只要不吹熄那根蠟燭，鬼就找不到他們了。」王學長解釋。

「原來如此。」書呆子恍然大悟。

「而他們的遊戲過程中，其中一位不小心打翻了蠟燭，屋子內有許多木質家具容易燃燒，火勢一發不可收拾，濃濃密佈的黑煙，將他們嗆暈，結果四人都不幸葬身火場。而因為這間屋子實在是太過偏僻，又廢棄許久，深夜發生火災也沒人知道，再加上他們當時都是從家裡偷溜出來，沒人告訴家人要來這間空屋，所以失蹤許久，警方都查不出他們的下落，一直沒發現他們是被火燒死在這裡的，後來就用失蹤人口草草結案。沒有法師誦經，也沒有超渡法事，他們四位都不知道自己已經死了，而手裡的蠟燭卻又一直不熄滅，始終維持著他們發生事故時的長度，再加上亡者在陽間，是沒有呼吸、沒有氣的，他們也沒辦法吹熄蠟燭強制中止遊戲，於是只好一直玩著捉迷藏，一直一直，永無止境地玩下去。」王學長說。

我聽完，全身早已浸溼了冷汗，我很難找到一個解釋方式，來合理化眼前的這一切。

「好毛喔。」黑壯男說，書呆子跟小薇則靠近在一塊表示同意。

「所以中壢鬼屋最有名的傳聞就是，玩不完的鬼捉迷藏。」王學長補充，吹熄最後一根蠟燭，也宣告百物語的結束。

但空屋沒有歸於漆黑，而是瞬間又亮起了燭光。

三盞燭光，以及一片慘叫聲。

王學長、書呆子、黑壯男跟小薇都驚聲尖叫，因為他們都看見了，在彼此的背後，突然出現三個拿著白蠟燭的「人」。

在燭光的映照下，那三個「人」的模樣恐怖異常，身上皮膚不是炭化焦黑，就是水泡紅斑、肌肉乾癟縮水，像是木乃伊，根本從外表無法辨識出他們燒燬的面容。

但我認得出，那正是飛哥、肥仔跟阿猴。

「蠟燭……吹不熄……」

「吹不熄……」

「吹不熄……」

「吹不熄……」

整間空屋迴盪著飛哥他們哀怨陰寒的聲音，只見王學長四人全都緊緊地靠在一塊，渾身發抖嚇得不成人形，每個都又哭又叫，鼻涕淚水爬滿臉龐，想必他們都極度後悔為什麼要玩這個危險的招鬼遊戲。

「吹不熄……」

「吹不熄……」

「吹不熄……」

我從破洞裡看著這一切，身體卻冰冷地像是沒有任何溫度，我不知道該怎麼面對、怎麼處理眼前的發生，我又該何去何從？

「吹不熄……」

「吹不熄……」

「吹不熄……」

我看見飛哥對我招手，用他焦黑壞死的左手，我明白他的意思，他是叫我出去，或許我們今夜之後，就再也不需要躲了？

「吹不熄……」

「吹不熄……」

「吹不熄……」

我看著手裡長度依舊的燃燒蠟燭，就如同王學長所說，我們死了，在陽間已經沒有氣，是吹不熄蠟燭的。

那或許，我們可以請他們幫忙吹熄蠟燭？

但如果蠟燭熄了，又會發生什麼事？

「吹不熄……」

「吹不熄……」

「吹不熄……」

我不知道，但在我走出衣櫃之前，我還是試著對蠟燭吹了口氣，想換取我已經死亡的確切感受，畢竟，這一切還是那麼茫然而不真實。

蠟燭竟然熄了。

「**抓到了**。」

黑暗中，一個沙啞的聲音陰森森地笑著。

第八罐　狗

開心搖尾巴、嗅覺超靈敏、全身毛茸茸，見鬼了！
我怎麼變成一隻可愛奶油貴賓犬了？

當我醒來時，我變成了一隻狗。

不是說那種心態上卑微可憐地像狗，而是變成一隻真正的狗，一隻不自覺露出舌頭、嘴邊淌著涎液、四肢伏在地面、全身毛茸茸的狗。我看著自己的右手，或者說右前腳掌，帶著棕色捲毛細小的腿，腳掌下是黑色肉墊，看來我失去了所有的指節與掌紋。我試圖像人一樣，用兩隻後腳站立，但不用幾秒，地心引力就無情地將我扯下，好像四足落地才是我應該保持的姿態。

糟糕，看來我真的變成狗了。

但更糟糕的是，屁股傳來不對勁的動作，我竟然見鬼了在開心搖著尾巴！這是怎麼回事？我必須冷靜下來。話是這麼說，但尾巴依然在給我搖個不停。

我勉強耐住性子，環視自己所處的環境：布置簡單的客廳，皮椅沙發、尺寸有點小的液晶電視、透進夕陽的落地窗、吱吱嘰嘰運轉的吊扇，這是一個略嫌老舊的小公寓。我想參觀其他房間，但脖頸上卻該死地綁著一條狗鍊，緊緊地勒限住我活動的範圍。

這是哪裡？我怎麼會在這裡？我怎麼會變成了狗？重重疑問，我邊吐舌頭散熱邊思考，如果我醒來一切就變了樣，那我睡前是在哪裡？我是誰？我又是怎麼入睡的？

竭力思考的結果卻換來心寒的記憶，模模糊糊的印象裡，我看見了這間小公寓，看見了一隻粉紅嫩白的小手，上頭有把飼料，我貪婪地吃著飼料，舌頭舔到那隻手掌肌膚有股淡淡的鹹味，被我逗得發癢的小手主人淡淡地微笑，她的面容背光而有點模糊，依稀是個年輕溫柔的女生，像是我喜歡的那型。

見鬼了！

我現在可是一條狗，還想什麼喜歡女生的類型！我沮喪地面對記憶，看來我不管睡前或醒來，都徹頭徹尾的是一條狗，只是狗的腦容量實在大小了，所以我才會見鬼了一樣，睡一覺就東忘西忘，幾乎什麼都不記得了。

原來我是狗。

原來……不對，我怎麼樣也說服不了自己，如果我是狗，我怎麼會認得什麼公寓、什麼吊扇、什麼液晶電視之類的東西？我怎麼會想要嘗跟人一樣站立？我又怎麼會喜歡女生？思考這些對於一隻狗而言，可能太複雜了，腦袋打結的我，感到有些飢餓。

擁有黑色鼻頭、嗅覺變得超靈敏的我，一下子就聞到我身後七點鐘方向放有香味四溢的美食。

那是裝滿褐色小圓球飼料的飼料盆。我完全沒有吃狗飼料的慾望，我想要吃勁辣雞腿堡、我想吃麻辣鍋、我想吃爌肉飯，我想吃。

見鬼了！

我竟然開始吃著那盆狗飼料。無法克制地、順從飢餓地，我以嘴就盆，津津有味地嚼食一顆顆的香脆。從舌頭的味蕾、從喉間的涎液，我可以具體而細微地感受到嘴裡滿滿的飼料帶給我的愉悅美味，我不甘心卻又不爭氣地屈服在它之下，一口接著一口。

旁邊有一盆清水，吃完飼料的我感到口渴，走近我無法用手捧起的那盆水，水裡的倒影告訴我，**我是一隻見鬼了的可愛奶油貴賓犬**。

我沒有再多欣賞水影裡可愛的自己，忙伸出長舌放進清涼的水中，滋滋有聲地將水撥進嘴裡飲用。這些吃飼料與喝水動作的熟悉感，讓我不得不接受自己長期以來都是這麼做的，就某種不小的可能性來看，我或許真的是條狗。

不過我還有一絲希望。水足飯飽之後，我屈著後腿坐在地上，準備進行足以證明或推翻眼前一切的實驗。

「我，不是狗。」我竟然開口說話了。

「汪！汪汪汪！」但心裡的話，發出喉嚨卻只有汪汪的叫聲。

「我說，見鬼了我才不是狗耶！」我有點急了。

「汪！汪汪汪！」依然是汪汪叫聲。

「不對吧！狗說話有沒有邏輯啊？怎麼只會汪汪叫？」我崩潰。

「汪！汪汪汪！」

「唉！」我放棄地嘆氣。

「呦嗚——」窗外陽光漸漸西斜，我的背影顯得有些落寞而無助。

人生幾大事，吃喝拉撒睡。吃喝完沒多久，窮極無聊的我就想要大便。

我知道廁所在哪，但被綁著頸繩的我走不到那裡去，而且何必麻煩呢？都是一條狗了，簡單處理就好。

於是我就隨隨便便，就地拉了一坨屎。

不錯，連屎都很符合狗的SIZE，黑黑小小的，形狀煞是可愛。才拉完，我很自然地抬起左後腳，對著長桌桌腳撒尿，它的圓柱形狀讓我有種說不出的安全感。

記憶中那位年輕溫柔的女生，她用鑰匙打開了門，雖然臉上看得出剛下班的疲倦，但她一看到我立刻又堆滿了笑容。

「小傑，有沒有很想我啊？」她香香的手摸著我的頭，我撒嬌地全身扭動，尾巴搖得可興奮了，看來我不只是條狗，還是條色瞇瞇的公狗。

當狗雖然感覺很糟，但感謝老天，至少我的主人是那麼無敵的溫柔可愛，她放下了包包，脫去ＯＬ的深色套裝，換上藍色短褲粉紅小可愛，跪在地上，細心清理地上一坨又一灘我的傑作。我吐著舌頭，看得目不轉睛，地上又多了一灘我流下來的口水。

「哎呀，你怎麼不乖又流口水了啦？」主人又好氣又好笑地抱起我搔癢，女孩的體香與指尖的挑逗，我這條幸福小狗幾乎要被融化了。

當狗似乎還是有那麼一點點好處啊！晚上，主人自己料理了義大利麵，也分了一湯匙的肉醬在我的飼料盆裡，不過人的食物似乎鹹了點，還是飼料比較清爽可口。吃飽後，主人沒有打開電視觀賞亂七八糟的綜藝節目，而是坐在沙發上，看著電視旁的一個相框發呆。我這時才注意到那個相框的存在，裡頭是一對男女的合照，綁著馬尾的可愛女生當然就是主人，而男生留著一頭捲髮，深邃的輪廓算得上帥哥，只見兩人的頭靠頭相依偎，笑得陽光燦爛，是一張幸福的情侶合照。

我看著相片裡的男生，竟然有種似曾相識的既視感，但我很快就明白了——當主人的眼角輕輕滑落兩行淚水的時候，她看著相片發呆的原因就很明顯了，那傢伙八成是主人的前男友，不知道為了什麼見鬼的原因把霹靂可愛的主人給甩了，讓主人現在只能日日夜夜看著這張過往的幸福照片思念難過。主人跟那傢伙在一起時一定很快樂，他們搞不好還一起到郊外公園遛過我幫我撿過大便，難怪我總覺得那傢伙有些眼熟。

「汪！汪汪！」我想跟她說的是，過去的都過去了，妳值得更好的。

我走近偎靠著她，低下頭，舌頭輕輕舔舐著她的手背，那是我唯一能給的安慰。她似乎能感受到我的話語，將我抱在懷裡，淚水撲簌簌地落在我的絨毛裡，濕濕的，卻有些溫暖。

隔天早上七點多，女孩匆匆地踏著高跟鞋出門上班，在我汪汪的提醒下才隨手在我的盆子裡倒了飼料。

「掰掰掰掰~小傑要乖乖喔！」門關上後，老舊公寓裡只剩下我一個人。不對，是剩下我一條狗。

我無奈地趴在地上，前後伸個懶腰，接下來又是無所事事的一整天。我邊吃飼料邊用腳抓癢，身上像是有或者根本就有跳蚤般地直發癢，吃飽之後撒泡尿拉個屎，生理需求差不多就都解決了，於是我瞇著眼倚著窗外透進的陽光，又開始思索自己為什麼會是條狗的嚴肅課題。或許狗的腦子實在太小，我想來想去只有三種合理的解釋。

第一是我在作夢。

這一切都只是見鬼了的夢境。為了證實這個假說，我奮力爬上客廳的長桌，看著對於瘦小的我來說不算矮的地板距離，眼睛一閉，用頭前尾巴後的方式跳了下去。然後我的頭見鬼了的超痛，痛得我眼淚直流，模糊的視線裡我卻依然是條毛茸茸的奶油貴賓犬，我不信夢境裡的疼痛能夠這麼真實而強烈，所以第一個可能性就這麼輕易地被推翻了。

第二個可能性，其實我真的是人。

只是我的靈魂陰錯陽差地跑到了狗的身體裡，所以我才會這麼不習慣這副貴賓犬的身體。這個可能我想不到方法證明，但讓我存疑的是，如果我是人，那我身為人的記憶跑哪去了？為什麼我能回想起來的片段裡，只有零碎地、我身為一條狗的畫面？所以對於這個假設我持保留態度。

第三個可能，也是我最害怕但也最接近真實的可能——狗本來就是這樣的。

狗也許本來就有人的思想，能聽懂人的語言，也有人的喜怒哀樂，只是像我一樣，沒有辦法用人類的話表達出來讓他們知道，所以才會有句話說「狗是人類最忠實的朋友」。或許就是因為狗能聽懂他們、理解他們，所以人類才會覺得狗最貼心、最忠實吧！也或許這才是最有可能、而我卻一直不願意去面對的真實。我可能只是腦袋突然撞到、讓某根筋不對，才會突然質疑自己身為一條狗的日常基本認知吧！

「汪汪！」我長嘆一聲，發出的還是汪汪聲我也沒辦法。

我百無聊賴、心灰意冷地趴臥在地，有點想睡又不太想睡，總覺得老天開了我一個大玩笑，你要嘛好好讓我當條無憂無慮、皓呆皓呆的狗，幹嘛讓我有了自以為自己是人的幻想？害得我現在見鬼了超級鬱悶，能當人，誰想當狗？最糟糕的是，我竟然還貨真價實的是條狗！

我眼前的世界頓時失去了色彩，我懶洋洋地盯著那道黑色大門，只希望我的主人能夠快點回家。

如果這個糟糕人生（或者說狗生）還剩下什麼可以期待的，我想就只有她了。我不知道她的名字，但我知道她是我主人，而這樣就夠了，她是這世界上與我最親密的人。我想念她，非常非常。

終於等到天黑，等到鑰匙開鎖的聲響。我興奮得恨不得扯斷脖子上的頸繩，衝到門口去迎接她。她依然難掩上班的疲累，強打起精神堆滿笑容擁抱我。這晚，我吃了一塊牛排肉，陪她在沙發上看著那張已經喚不回的照片發呆，直到一人一犬迷濛地相擁成眠。衷心希望我身上的絨毛，能帶妳一些些溫暖，不管是身體或是心頭的。

日復一日，生活就在窮極無聊的白天與互相取暖陪伴的黑夜中更迭繼續。狗的壽命應該比人類短上不少，連帶地我的時間觀念也顯得薄弱，讓我無法確切地記憶哪一天，那是一個怎麼樣的日子，只知道那天她比平常還晚回家，要用鑰匙開門時，不斷發出錯誤的金屬碰撞聲，好不容易她跌跌撞撞地進了家門，滿身酒味，臉上泛著不健康的紅暈。

「汪！汪汪汪！」我靠近她腳邊搖尾巴，問她怎麼了？心情不好嗎？

她沒有回答我，自顧自地像跌倒一般坐在地上，濕紅的雙眼看著我，眼底有股說不出來的複雜情緒。很複雜，強者如我是條善解人意的狗，一時間也無法解讀它的含意。絕對不是快樂開心，卻也說不上傷心難過，又或者是兩者兼具，甚至還維持著一種動態的平衡比例。

真是見鬼了，主人今天非常不對勁。她看著我，凝滯相當長時間的沉默之後，說了一句讓我摸不著頭緒的話。

「她有什麼好？」她的話音哽咽。

「汪？」我疑惑。

「她有比我年輕嗎？她有比我漂亮嗎？」

「你這樣對得起我嗎？你之前跟我說的那些又算什麼？」

「你騙我！你一直都在騙我！你從頭到尾都在說謊！」

「你知道我心裡很痛很痛，痛到快受不了嗎？」

「你知道我真的不能沒有你嗎？」

「你知道——」她強忍著眼淚，倔強地不斷質問著我，直到眼淚完全潰堤，她再也說不出話為止。

「汪！」我只輕輕回了一聲。我知道，我都知道。

那個王八蛋劈腿甩了你，那是他腦袋有問題，他不值得妳這樣崩潰難過。她或許懂或許不懂，酒精在她的體內發酵，她緊緊地抱住我，彷彿擁抱著那個再也不可能回來的他。

是她喝醉了，我明明沒有喝酒，但翌日我卻比她還要晚起。當我睜開惺忪的雙眼時，她已經梳洗乾淨，換上一套淡色的棉質洋裝，手裡拉著一個大行李箱。那不是她上班的服裝，我知道，而她今天應該去上班，我也知道。

所以我不知道她這樣子站在我面前的意義。

她沒有停留太久，面無表情地摸了摸我的頭之後，不帶一點惋惜憐憫地轉身，她就這樣沉默地離開了。我知道那是我最後一次看到她了，消失在門縫的背影，大門被重重地關上，鎖上。

「汪汪汪！汪汪汪汪汪汪！汪汪汪！」我吠叫，扯開喉嚨地瘋狂大叫。

「汪汪汪！汪汪汪汪汪汪！汪汪汪！」但她還是走了。

「汪汪汪汪！汪汪汪！汪汪汪汪汪！」不會再回來了。

「汪汪汪！汪汪汪汪汪汪！汪汪！」我依舊吠叫。

房間空了、飼料盆空了、水盆空了，她什麼都帶走了，只留下我，以及一整個屋子、一整天的孤獨吠叫。

我不斷地吠叫，然後漸漸地被奪去了聲音，被冰冷的公寓、被沒有開燈的室內黑暗、被從肚裡猛烈湧起的飢渴，以及心裡難以承受地被背叛。

煎熬，生理心理都受到比死亡還難過的煎熬。再也沒有食物與水、再也沒有陪伴、再也沒有等待的她。

那晚我沒有睡，也根本無法入睡。狗的時間觀念是薄弱的，但我卻深切體會到所謂的度日如年，就像是一種緩慢而潛藏的虐待。我記不得經過了幾個白天幾個黑夜、我確定她再也不會回來之後，我的飢渴跨越了臨界，我瘋狂地使力，用我的脖頸、用我的牙齒。我終於掙脫了頸繩。

獲得自由的我發狂似的在屋裡奔跑，不過我很快就發現屋內什麼都沒有，沒有食物沒有水，沒有能夠供我生存的任何東西，於是我撞門，門把連搆都搆不到的我，只能撞門，但冰冷的門卻絲毫不為所動。

沒救了。

在絕望完全征服我的意志之前，我看到了一抹曙光，那是從客廳落地窗透進的陽光，我發現落地窗並沒有完全關上，留下的縫隙能讓我的身體勉強走到陽台。我跳上陽台牆邊察看，老天對我還算仁慈，原來這裡是公寓的二樓，為了生存，我毫不猶豫地跳了下去。

我跌在街上，感受到身體略微的疼痛，但比起體內火燒的飢渴這根本就算不了什麼，我蹣跚卻著急地走到街旁的垃圾堆，瘋狂地用牙齒咬開一個個塑膠垃圾袋，狼吞虎嚥著裡頭早已發酸發臭的廚餘。好吃，真的很好吃，它們完全慰撫了我衰竭的胃，就連味道都帶有一種治癒的香味。

一切都很好，我彷彿又重新活過來了。

直到一個五十來歲的歐巴桑出現在我面前，以一種腿軟的、難以置信的表情發出高分貝的尖叫。

接下來發生了一連串莫名其妙的事。我被粗魯地蓋上一條毛毯捆綁起來，兩名員警將我架上警車，二話不說地將我載回警局。只見警察局外停放著爆滿的車輛，我被抬進去的過程鎂光燈不斷地閃爍，拿著攝影機與麥克風的記者爭先恐後地推擠想靠近我，卻被其他駐守員警阻擋在外。

「張先生，請問你現在身體還好嗎？」

「張先生，這兩年來你都去哪裡了？你有被關起來嗎？」

「張先生，你真的被當成狗養嗎？」記者群的追問像是一道道閃電，毫無預警地劈進我心裡，震得我腦袋轟隆隆的，完全無法思考。

而我被員警們抬進警察局之前，我瞥見一位長髮女記者，她以警察局為背景，拿著麥克風對著鏡頭報導：「失蹤兩年多的張姓男子今日終於被彰化警方尋獲，警方表示，當時張姓男子全身赤裸地趴在垃圾堆裡吃著廚餘，被早起運動的民眾發現報警處理。而張姓男子脖子上套有狗項圈，身上還有多處舊傷，警方懷疑張姓男子是因為感情糾紛被施姓前女友報復拘禁，並施以極度不人道的虐待，甚至將張姓男子當作狗來豢養。目前施姓女子已失去聯絡，全案警方正積極追查當中，如果有最新消息，本台將立即為各位觀眾報導，記者也將……」

她報導的聲音距離我越來越遠，我的尾巴低垂、不聽使喚，漸漸失去感覺，然後消失不見。

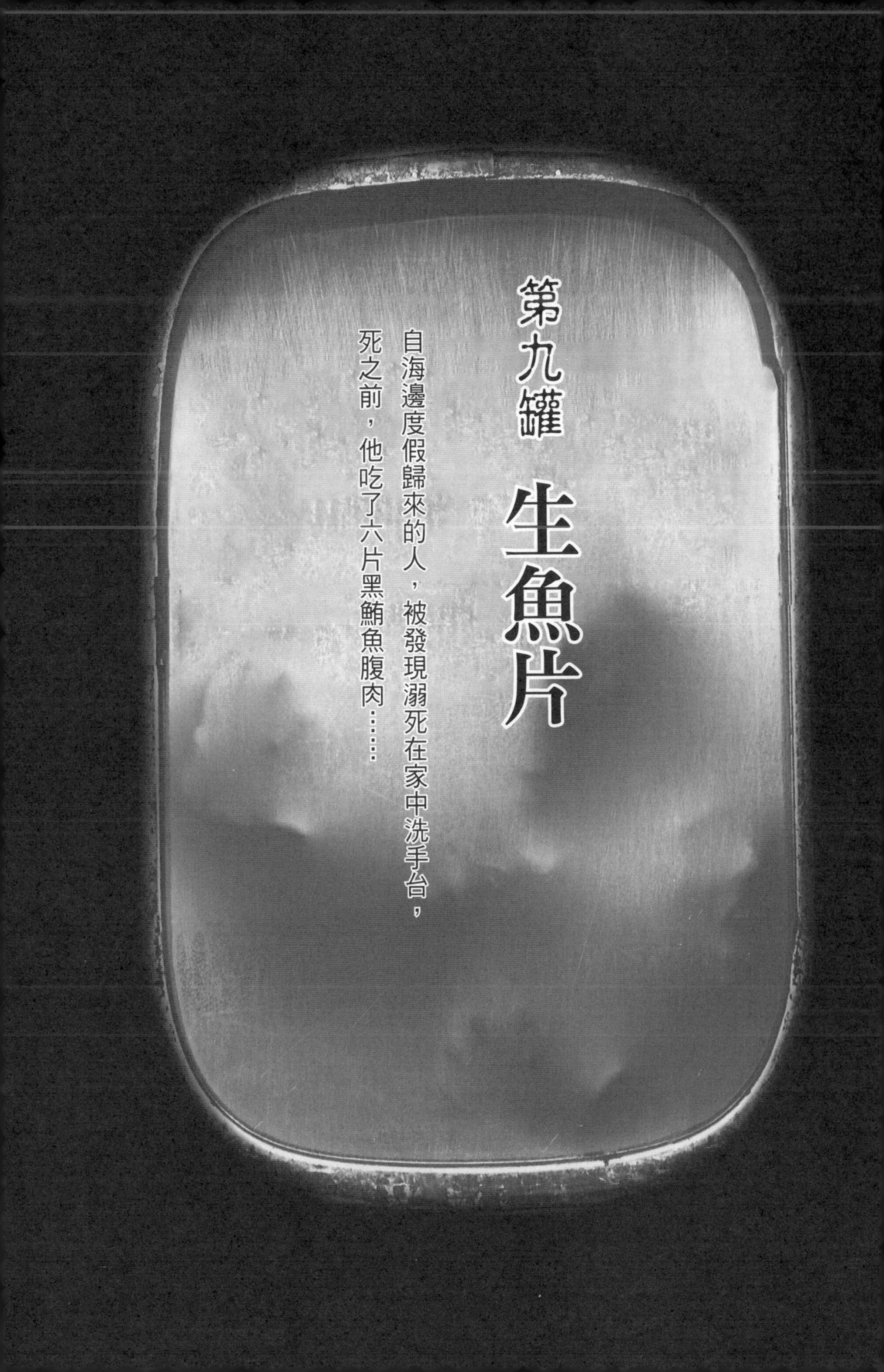

第九罐　生魚片

自海邊度假歸來的人，被發現溺死在家中洗手台，
死之前，他吃了六片黑鮪魚腹肉……

晚上十一點四十二分，台北市鬧區的某棟商業大樓，二十一樓的高度只亮著一個窗戶的燈，偌大辦公室裡只剩下我達達敲著鍵盤的聲響，經過五個多小時的拚命加班，這份報表終於進入最後的校正階段。揉揉痠紅疲倦的雙眼，我將十幾頁列印出來的Ａ４報表裝訂整齊，放在經理桌上的正中央，我可以想像明天一早他見到報表時驚喜而點頭稱許的模樣，不過這並不重要，重要的是，從明天開始，我擁有兩天難得的週間休假，而我早已打算將手機關機，讓它和我都好好休息個四十八小時，公司的事就等到星期五上班再說。披上外套提起公事包，臨走前我關上辦公室的燈，光明切向黑暗的那一瞬間，沒有一點聲音，就像疲憊一般安靜。離開大樓，離開鬧區，就讓我暫時離開這一切吧。

雖然家中的床與棉被都相當柔軟舒適，但隔天我依然起得很早，甚至比上班日還要早起，我一邊咬著自己烤的吐司，一邊整理這次出門該帶的裝備及行李，不到九點，所有的行囊都已準備就緒，我開著那台車齡快十年的老休旅車出門。車子開上國道一號，陽光在眼前迤邐出晴朗道路，我戴上墨鏡，調大正在播放伍佰的歌的音量，那些屬於我年輕記憶的搖滾樂傾瀉而出，每下鼓聲都敲在我起伏的胸膛。

儘管三十多歲的我已經不再年輕、儘管五人座的車內依然只有我獨自一人、儘管每天朝九晚五只為了賺取那份微薄的薪水，但偶爾我還是可以像現在這樣，休假、陽光、音樂，享受著男人該有的浪漫。車子一路開到濱海公路。太平洋就在我的左手邊，我降下駕駛座的車窗，海洋的味道熱情地闖了進來。如果說女人是水做的，那我想男人應該就是海水做的，一片無垠的浩蕩壯闊，潛藏在那片壯盛蔚藍底下卻又是無比柔軟的鹹。所以我非常喜歡海，熱愛與海有關的一切，我愛陽光、沙灘、海水、貝殼、海產、比基尼、帆船、衝浪、啤酒、防曬乳……彷彿只有這些屬於海洋的象徵，才能讓我嚮往、讓我放鬆。

我來到了福隆海灘，也正是此行的目的地。位在台灣東北角的福隆海灘，擁有一片海天同色的藍，臨海山勢銜接細白沙灘，完美的海洋印象，讓這裡曾獲得CNN與美國衝浪雜誌《SURFING MAGAZINE》評選為全球五十大衝浪勝地之一的殊榮。

我脫掉上衣，拿出車後行李箱的衝浪板，赤著腳奔向海灘，衝向大海，七月半的夏天正熱，我卻是一頭撞進海水的清涼，像回到某種歸屬，在烈日與海洋，在寬廣的汪藍之間，我身體的每個細胞都被喚醒，我不再只是個庸庸碌碌的上班族，我不用再穿上悶熱的襯衫打上該死的領帶，當我站上浪頭，隨浪波輕飄地像駕馭住整片海洋，我就擁有最無拘無束的自由。

衝浪相傳是源自於古玻里尼西亞人，當時統治階級的貴族擁有最好的海灘與衝浪板，酋長們用良好的浪上特技來樹立威信，而平民雖然被排除在貴族的海灘之外，但他們如果具備優秀的衝浪技術，就可以擁有進入貴族領域的特權。時至今日，不論貴族或是平民，在脫去平日暗喻階級的服飾之後，每個人都能盡情享受這一片本來就不該屬於人為的海洋。今天的天氣不賴，海上的浪很「明」，於是我把握機會，趴上衝浪板一路划行到浪區，抓緊一個大小適中但非常有型的右跑浪，準備來個再熟悉不過的漂亮起乘，但左腳卻突然該死地一滑——我竟然跌了個大大的歪爆（WIPE OUT）。這是一個特大號的歪爆，我像坐在下墜電梯似的被丟進浪底，重點時我已經是玩衝浪快十年的老手，心裡完全沒有一起乘就會歪爆的準備。海水咕嚕咕嚕地從我的眼睛耳朵鼻子裡亂竄進來，我的五官又酸又鹹地浸滿了海水，我手腳揮動掙扎了一下，使力撈起我的衝浪板，狼狽不堪地游回岸邊。

我單腳踩在沙灘上猛跳，這一次又大又猛的歪爆讓我的耳朵進了不少水，耳內悶塞的不適感讓我努力地又跳又倒又挖，想盡辦法要將海水趕出耳朵。我邊跳邊想起了我青澀的衝浪菜鳥時期，那時我自詡是極限運動愛好者，憑著一股年輕人的傻勁，暑假一股腦地埋在福隆海灘，每天將歪爆當吃補，總算皇天不負苦心人，讓我懵懵懂懂地踏進了衝浪界。還記得那時的我就跟現在一樣，動不動就是五官進水、一副落水狗的狼狽。

這個意外的小插曲並不影響我的好心情，我很快地又踏著衝浪板，和它一塊站上浪頭，迎海風，向著太平洋，馳騁在海天同色的蔚藍。我非常喜歡海，喜歡到即便自己早已筋疲力盡、跟衝浪板一起累癱在沙灘上，我還是靜靜地看著海，看著它平穩像呼吸的起伏，直到夕陽將海洋染成金黃，遠遠地一輪日落在海平面下，我才起身告別。

海邊的夜晚依舊有它獨特的氛圍，聽得到潛伏似的海潮浪聲，嗅得到淡淡的鹽味，我開著車前往每次來福隆必去的那家海產店，準備用最接近海洋的海鮮痛快地犒賞自己。

但人生的道路，你永遠不知道何時會遇見需要轉彎的路口。

我遠遠地看見一家居酒屋的招牌，屋裡透著溫暖的黃光。不是氣溫上的暖和——夏天也很難體會，是像家中燈火一般的溫暖，就像海邊港口的燈塔，我二話不說就改變目的地，轉向這間未曾光顧過的居酒屋。來過福隆不少次，但我卻從未注意過這間位在路旁的居酒屋，我拉開門口的帷幕走了進去，裡頭的空間不大，有幾桌客人正在用餐，穿著汗衫、中年大叔模樣的老闆挺著大肚腩，熱情地用日語向我說歡迎光臨。

「來來來！哩來！這是我們的菜單，你參考一下。」滿臉堆笑的老闆將菜單遞給我，我卻沒有打開的意思。

「老闆，幫我上幾道你們店裡最新鮮的海鮮吧！」我笑道，有時候隨機正是最浪漫不羈的選擇。

「唉呀呀！你真內行啊！」老闆咧嘴笑著，「交給我處理就對了！你坐一下，好料的馬上來！」老闆的笑容果然沒讓我失望，不一會兒工夫，炸鮮蚵、炭烤魚下巴、熱炒海瓜子、檸檬秋刀魚等等海鮮佳餚就擺滿餐桌，而當中最令我難忘的，是那一盤入口即化的黑鮪魚生魚片，每一片的油脂都分布得恰到好處，溫度口感無可挑剔，就像來自海洋的柔軟雪花，我感受到嘴裡溢發出來的濃郁新鮮。

「老闆，這個麻煩再來一份！」吃完桌面上的最後一片黑鮪魚生魚片，我馬上做了這個決定。

「喔喔！好的，請你稍待一下喔！」老闆應道，馬上走進廚房張羅。我從來沒有吃過這麼好吃的生魚片，一盤三片的量實在沒辦法滿足我，於是我又加點了第三次。

「還要吃生魚片喔？你要不要考慮其他菜色呢？我們的壽司也很好吃啊。」

老闆臉上的笑容有點僵。

「咦？老闆你們沒有生魚片了嗎？」我奇道，世界上竟然會有老闆阻止客人點菜？

「有是有啦，但……你真的還要吃嗎？」老闆的為難表情有著說不出來的古怪，我此時才注意到他一直忙進忙出，弄得自己滿身大汗。

「對阿！再來一份啦！」我堅持，萬一這麼好吃的生魚片以後吃不到怎麼辦？

老闆說不過我，只好摸摸鼻子走進廚房。而喝了好幾杯清酒的我有點尿意，趁著老闆上菜前的空檔，我走到廚房旁的廁所。然後我看到了那一幕。我膀胱蓄集的尿液，完全不受控制地噴在褲子上，熱騰騰地在我大腿內側亂竄。

我完全看傻了。

那傢伙——那個老闆，竟然在廚房裡撩起了汗衫，將他肥大的肚子擺在料理桌上，掀起肚臍以上的肚皮，用著細長的生魚片刀，將他肚皮內側的血紅肉塊一刀一刀地切下。整個畫面已經夠衝擊了，但更詭異的是他的肚子肉被刀切下後，卻連一滴血都沒流，他的肚子看起來就像是超大團的黑鮪魚生魚片——美味可口、入口即化的黑鮪魚生魚片。

「哎呀呀！」老闆正切自己的肚子切得全身冒汗，看到我嚇到閃尿的模樣感到有些錯愕與抱歉。

「啊啊啊——」我放聲怪叫。不管桌上的菜還沒吃完也還沒買單，不管黑鮪魚肚老闆手上還拿著生魚片刀，不管其他桌客人的詫異眼神，我拚了命地往外拔腿狂奔，上氣不接下氣地衝進車內，用顫抖的手插進車鑰匙，發動，踩下油門，用最快地速度離開這間見鬼的居酒屋。我始終保持著車況允許的最快時速，直到我再也看不見海邊，感覺到真實地離開剛剛所身處的荒謬恐懼之後，我才放鬆油門，試圖平復劇烈的呼吸。

然後噁心感無法抑制地湧上。我想起自己吃下六大片、扎扎實實地從老闆肚子上切下來的「生魚片」，我的胃不禁劇烈翻攪起來，我摀著嘴，卻擋不住從指縫溢出的嘔吐物，於是我稀里嘩啦地吐了一車，胃酸味與尿騷味混在一塊，亂蹦心跳與整身冷汗湊在一起，這個夜晚頓時變得好不熱鬧，熱鬧到讓我連滾帶爬地逃回台北租屋。

然後我生了一場重病，重到翌日放假我仍整天下不了床，又發燒又冒冷汗，還不斷地從居酒屋老闆切肚肉生魚片的驚悚畫面驚醒，惡性循環之下，逼得我只好再向公司多請兩天假。當我終於退了燒，昏沉地下床到巷口超商買個微波便

當，配著溫開水吃了幾天來難得像樣的午餐，長吐一口氣，認為一切都過去該要雨過天晴的時候，我的手臂突然感到搔癢起來，像是起疹子一般難耐的搔癢，我下意識地伸手去抓，卻抓下一片片的皮癬。

大概太久沒洗澡了吧！我苦笑，竟然隨便抓抓就抓出……不對！我看著掉落在地板上的根本不是什麼皮癬，而是一片片發亮的半透明魚鱗！我驚訝地看著自己的雙臂，沒想到一場大病之後，**我的皮膚竟然變成跟魚一樣，布滿了片片疊疊的鱗**。對於這樣的異變我並沒有驚訝太久，我因為震驚而張大的嘴巴很快地就提醒我臉上也產生了異變。

很不自然也很不習慣地，**我感覺到臉上靠近下顎兩旁的皮肉在隱隱掀動**。我伸手去摸，傳來的觸感卻讓我想起了一個突兀而詭異的畫面——魚在水中，動著魚鰓呼吸——幾乎在想到這個畫面的同時，我感覺到呼吸困難，不論鼻子或是張大嘴吸氣，空氣卻絲毫進不到肺部。於是我不知道哪來的靈光一閃，三步併兩步地衝進浴室，將洗手台的水龍頭開到最大，嘩啦嘩啦的水溢滿了洗手台，我則是一頭塞到水裡去。然後空氣終於進來了，**透過我那兩片新長的「鰓」，我在水中彷彿獲得了重生，我張開眼睛，看著包圍我面部的水，竟有種身在海洋的錯覺，我像是一條悠游其中的魚，無邊無際的寬闊都是屬於我的自由。**

是的，我又想到了海邊，即便在這麼詭異危難的時刻，我還是想起了海，想起了陽光，想起了沙灘，想起了海水、貝殼、海產、比基尼、帆船、衝浪、啤酒，想起與海有關的一切。即便我的皮膚長出了鱗片，臉上長出了鰓，即便活脫脫像一條魚的我，現在將自己的頭浸在洗手台的水中，我卻忍不住想到一個以前求學時老師說的典故，好像是莊子還是誰，作了個夢，夢到自己變成蝴蝶，醒來之後納悶到底是他夢到自己變蝴蝶呢？還是蝴蝶夢到自己變成人？是啊，當我身上開始產生那麼多變成魚的徵兆，是不是意味著，我這條魚變成人的夢該要醒了呢？

那我是不是該回去屬於我的海洋呢？

水聲依舊嘩啦，而我的意識也漸漸地隨波逐流。

「這是什麼狀況？」來相驗的檢察官皺眉，看著死者雙手癱軟地跪在洗手台前，頭部塞在不斷溢水的洗手台中。

「從法醫的立場，我只能告訴你他是溺斃的，至於為什麼看起來會像是他自己溺死自己，我就不知道了。」戴著白色鏡框眼鏡的女法醫聳肩，很快地下了這個不像是結論的結論。檢察官用手摸著下巴深思，目光始終在屍體身上打轉，他希望能察覺到屍體想傳達的訊息，之於這樣非比尋常的死亡方式。

「給我一個手套好嗎？」良久，檢察官突然對法醫說。他戴上法醫交給他綠色的醫用手套，走近屍體，他看到死者的右耳露出一小塊柔軟的透明物體。他用戴著手套的手將那塊透明物體取出，沒想到卻越拉越長，竟然從小小的耳洞拉出整整一個拳頭大小的它。

「我的天啊！」法醫驚嘆，這絕對是她執業七年多來的首見案例。

檢察官竟然從死者的耳朵，拉出一隻奄奄一息的透明水母！

「我看妳的相驗報告有得寫了！」檢察官與法醫相視苦笑。

第十罐 劈腿

男人劈腿後，女人化為紅衣厲鬼復仇，男人想逃，逃不了……

我喜歡像現在這樣，懶懶地躺在床上，看著天花板發呆。旁邊熟睡的是大學學妹小蕾，她身上還留著我們剛剛發生關係時所交換的汗水與氣味，之所以這麼生疏地稱呼她，是因為我已經有一位交往多年的女友，而小蕾就跟那些陪過我看天花板的女生一樣，我們可以為自己製造許多愉快的夜晚，但卻都明白沒有必要為彼此的生活平添困擾。我們始終遵守這樣的遊戲規則，所以稱她為「小三」太過沉重，她就只是我一位很喜歡的大學學妹，小蕾。

在昏暗房內看著天花板的我毫無睡意，因為我始終注意著時間，細心計算自己還能享受這樣的氛圍多久。床邊的方形鬧鐘顯示時間是晚上九點二十四分，再過一個小時左右，每週三固定加班的女友依婷就會提著宵夜跟啤酒回家，所以我現在必須起身準備，才有充足的時間來掩飾這個像是什麼事都沒發生過的夜晚。我已經盡量放輕動作，但還是吵醒了小蕾，赤裸上身的她整了整散落的長髮，看著正在穿衣服的我，大大的眼睛裡有些哀怨。

「這麼早就要走了喔？」她嘟起粉嫩的唇。

「對啊，時間差不多了。」我聳肩，檢視自己身上沒有留下任何可疑的痕跡，「好，走囉！下禮拜再來看妳。」

我走近床邊，用吻別慰藉她有所不甘的嘴。

「好啦。」她的雙手環抱住我的脖頸，貼在我耳邊輕聲地說，「你今天晚上表現得很棒喔！嘻嘻。」

我哂然，摸了摸她的頭，像離開一隻心愛的寵物貓似的。

我在晚上九點五十五分回到租屋處，也就是我和依婷同居的家，依照往例，我還有半小時左右的餘裕時間，可以讓我洗個澡換上睡衣，讓自己跟宅在家裡上網看電視的乖寶寶一樣，殷勤等待辛苦加班的女友歸來。

是啊，依照往例。但今天卻偏偏顛覆了往例，也顛覆了我所認知的世界。

我一打開門，看見房內的燈光就察覺到不尋常的氣味，帶點鹹、帶點苦，又帶點酸。

是依婷，今天本來應該加班的她卻比我還要早回家。她坐在我的電腦桌前，螢幕顯示著我和小蕾的ＦＢ訊息畫面，我不知道她是從哪裡得知我的密碼，或許我不該用我們兩人的紀念日去組合愚蠢的密碼，愚蠢到現在我們可能再也不需要去紀念那天了。

「為什麼？」其實她只有這樣一個疑問。

她又哭又笑，對著我又打又踢，她歇斯底里地抓著自己的頭髮，毫無顧忌、激烈而沉痛地大聲咆哮，她像是要用全部的力氣去找尋答案。但親愛的，答案本身一點意義都沒有。

「對不起。」所以我也只回了她這麼一句。

「滾！你滾！」她嘶啞著，淚水灼傷了她的喉嚨與臉龐，「去找你的王八蛋學妹啊！」電腦桌旁的玻璃杯跟著這句話一起砸了過來，我知道六年多的情感瓦解不是任何人的理性可以阻止，所以我留在現場也無濟於事，於是我離開了，留下一地破碎的玻璃與破碎的她。巨大衝擊的夜晚，其實我非常難過，我從來沒想過會有這樣的結果，我甚至打從心底認真考慮過，再過個幾年，我應該會娶她，然後永遠只讓她一個人陪我躺在床上看天花板。

可惜再也等不到那個時候了。我長嘆了口氣，按下小蕾公寓的門鈴。

小蕾畢竟是懂我的，當她瞭解我回家和依婷發生的事之後，她沒有太多的介入與安慰，而我也完全不需要那種東西，現在我所需要的只是一個棲身之所，一個能讓我安靜沉澱的空間。我們沒多久就睡了，小蕾依著我的手臂睡去，我則是獨自看著黑暗中的天花板，與依婷交往時的情景一幕幕不斷湧現腦海，像是在做最後的巡禮。

然後我收到依婷傳來的簡訊。

我下床，拿著手機坐在窗邊，深吸了一口氣才點開來看，因為我知道這將是她對我們感情最沉痛的告別。

「你能劈腿，我就不能劈嗎？」

「？」我傻眼，檢查了手機畫面，確定這則簡訊是來自依婷的手機。然後我苦笑，苦澀異常的苦笑。

依婷，妳真不愧是跟我生活六年多的女孩，完全清楚如何讓我束手無策。是啊，如果妳也去找個男床伴，遵守和我一樣的遊戲規則，那我們還能夠繼續交往下去嗎？我邊想邊覺得臉龐火辣辣的，因為心裡的羞恥感告訴我，我可能無法接受擁有男床伴的妳。而我也知道，妳其實只是想讓我反省自己是多麼地噁心與虛偽。對不起……我在想要回覆的簡訊中打了這三個字就止住，我不知道如何表達我的虧欠，我可能還在想措詞，但也有可能是在想是不是該由我來結束我們之間的關係——妳希望由我來提分手嗎？

正猶豫著，依婷又傳了封簡訊過來。

「看窗外，我劈腿劈得漂亮嗎？:)」我下意識地拉開窗簾往外看。這裡是十二樓。

依婷從空中墜了下去。

我和急速下墜的她隔著玻璃四目相對。那一瞬間她的表情是微笑，攀爬崩潰邊界，不帶絲毫溫度的微笑。然後。

沉悶的一聲重響。像痛擊我胸口的重拳，我登時腿軟跪倒在地，連慘叫的力氣都沒有。

十二樓的底下，她的手機碎裂在地，而她頭上腳下的跳樓方式，落地前，她硬是張開了雙腿，重擊破碎之後，她有那麼一瞬，宛如在血泊中劈腿的芭蕾舞者。我想哀嚎，卻喊不出聲音，恐懼緊緊地掐住我的喉嚨。無法思考的我只能縮在窗邊牆角，徹底地哭，徹底地崩潰。不平靜的深夜，沒多久就加進了小蕾的慘叫聲、警車、救護車的鳴笛聲、圍觀民眾議論紛紛的碎語聲，尖銳嘈雜，癱瘓了我的感官。我的手機摔落在一旁，那句「對不起」的簡訊永遠都發不出去了。

但隔天，我很快就為未來做了決定。依婷死了，這是絕對不會改變的事實，我再後悔再難過也起不了作用，我知道她死前對我充滿了怨恨，但我能怎麼樣呢？我是爛人，妳就離開我就好了啊！為什麼要自殺呢？我根本不值得妳這樣做啊！於是我選擇逃離，逃離與依婷有關的一切。包括租屋、包括公司、包括台

北、包括小蕾、包括我們認識的所有共同朋友，我只想要告別一切，換取重新的開始。所以我辭掉了工作，換了手機，用最快的速度搬家，搬離了台北，在沒有告訴任何人的情況下，我在苗栗租了一間便宜的套房，八坪左右的空間並不大，裡頭只有簡陋的傢俱，甚至連冷氣都沒有，炎熱的八月夏天我所能依靠的，只剩下那台掛在天花板的老舊吊扇。

夜裡，我躺在還不習慣的床上，看著天花板中央的那台老舊吊扇，聽著它發出的吱嘎聲響，轉啊轉地，但它卻未曾帶我轉出去回憶的漩渦，反而越陷越深，讓我在深夜裡驚醒，冷汗濡濕了我的背——遺忘終究不是件容易的事，它就像傷痕，會在你獨處時猛烈地發痛。

於是我想辦法讓自己忙碌，盡量避免自己獨處的時刻，而我也很快地找到超商的打工機會，第一天上班就上到晚上十點多，我拖著疲憊的身軀回家，但該死的吊扇竟然在這時罷工，轉了幾下就不轉了，我實在受不了夏天悶熱的室內，只好沖了個冷水澡，單穿一條內褲上床睡覺。身體疲累不堪的我，卻不知為何翻來覆去就是睡不著，於是我索性看著天花板上壞掉的吊扇發呆。我原本在想今天超商打工發生的瑣事，但這個夜實在太安靜了，讓我不禁又想起關於依婷的事。

很多不好的事。

譬如，那天之後我有看到媒體報導，法醫說從來沒有看過這樣的跳樓自殺方式。

譬如，某個談話性節目的名嘴說，依婷自殺時穿著紅色套裝，一定是打算死後變成厲鬼回來復仇。

又譬如，今天是八月十三日，是依婷過世的第七天。叮咚。

手機的簡訊聲讓我驚嚇得從床上彈起。這是我辦的新手機，就連家人都不知道號碼，怎麼會有人半夜傳簡訊給我？而我一看到發送簡訊的號碼，全身寒毛瞬間豎起，毛細孔一粒粒地窒息緊縮起來。是依婷。我根本沒有勇氣看簡訊，但簡訊卻自己點開了，而我發顫的手卻連拋棄手機的膽量都沒有。

「你知道我每天都在看著你嗎？」

壞掉的吊扇此時突然轉動起來，發出吱嘎的聲響。我抬頭一看。

這屋子原來根本就沒有吊扇。

只見穿著紅色套裝、滿身是血的依婷吊在天花板上，劈開的雙腿像扇葉似的緩緩旋轉著，而她死白的雙眼瞪視著我，臉上還掛著微笑。

不帶任何溫度的微笑。

等房東發現屍體已經是兩天後的事了，套房裡瀰漫著屍體的腐爛氣味。男房客只穿著一條內褲躺在床上，雙眼圓睜，嘴巴張大，臉上僵住的表情像是看見什麼極度恐怖的事物——直盯著空無一物的天花板。

第十一罐 電話

在半夜十二點整，電話撥打十二個零，就可以與地獄通話。——台灣都市傳說

一、楊岳成 二〇〇三

燈籠高掛，煙霧瀰漫。我在買滷味。

身為一個堂堂正正的大學生，晚上九點多，穿著系服牛仔褲出來買宵夜是相當符合邏輯的。但我口袋裡的手機此時卻不尋常地響起，依照當下的情勢判斷，很有可能是室友阿胖要叫我幫他多買兩包王子麵。

「喂？幹嘛啦！」這胖子竟然還隱藏來電顯示，排隊排很久的我沒好氣地接起電話。

電話那頭卻傳來一陣小屁孩的嬉鬧聲。

「喂喂？找誰？」我皺眉，對方打錯號碼的可能性極高，因為我並沒有相熟的小屁孩。

「**請問，你那邊是地獄嗎？**」

一個男小屁孩，問了我一個更加屁孩的問題。

「什麼啊？你們在惡作劇是不是？」感覺被整的我直覺吼了回去，「什麼地獄？恁爸只玩過天堂啦！」

「喔喔喔，他生氣了好可怕。」小屁孩那邊聽我這樣吼，竟然更興奮地亂成一團，「魔鬼大哥，請問地獄裡面有沒……」

「神經病。」我直接掛掉電話，我的脾氣還沒好到跟這些屁孩玩這種莫名其妙的遊戲，何況我的滷味已經煮好了。雖然今天不是萬聖節，但一通小屁孩們的惡作劇電話還不至於讓天生神力的我心情受到影響，我依舊是愉快地提著宵夜喝著珍奶走回男生宿舍——直到我經過一個公用電話亭。那是一個在街頭常見的投幣式電話亭，但我的腦海卻像是被隕石激烈撞擊，巨大地蒸發出我深層的回憶。

十年前吧。大概就是我十歲左右的屁孩年紀，我和英凱、雅薰三個人，似乎一起幹過一件蠢事。

對了，應該先介紹一下。宋英凱是個高瘦悶騷的眼鏡仔，李雅薰則是我心目中永遠的女神，兩位都是我從小玩到大的好朋友，我們讀同一間幼稚園、同一間國小、同一間國中，直到各自因為生死有命的成績高低，而讀了不同高中，考上了不同大學，才漸漸比較少聯絡，但我們依舊每幾個月就會聚一聚，像這個週末我們就約好了要到溪邊烤肉。

好，回到眼前這個再尋常不過的公共電話亭。在我依稀模糊的印象中，十年前，也就是九〇年代初期，當時小屁孩間口耳相傳一個恐怖傳說，說什麼在半夜十二點整，打電話連撥十二個零，就能夠打到地獄去。當時還在讀國小、整天吃飽沒事幹的我們，在某天晚上在雅薰家吃完晚餐看完卡通後，跑到外面公園去玩耍，好像是我先看到那個公共電話亭的。

「你們有聽過那個傳說嗎？打到地獄的電話。」我看著電話亭，興奮地吞了吞口水。

「你是說在半夜十二點打十二個零就能打到地獄去那個嗎？不過聽說很多人打了都是空號，根本就是騙人的。」三人中功課最好的英凱保持一貫的理性。

「你怎麼知道是騙人的？老師說要有實驗家精神啊！」我笑笑，逕自走進電話亭。

「蛤？你們要幹嘛？我覺得很可怕耶……」退到最後面的雅薰面露畏懼。但以我對她的瞭解，她其實也很有興趣試試看的。

「不用怕，傳說是要在半夜十二點整打，現在才晚上九點多，不會有事的啦！」我邊說，邊投下了一元硬幣。

「試了你就知道，絕對是空號啦！」跟在我旁邊的英凱還是很鐵齒。於是我在號碼鍵上按下了十二個零。

然後，電話通了。我們三人的眼睛都瞪大，屏氣凝神地一起將耳朵湊在聽筒旁邊。

「喂？幹嘛啦！」這是電話那頭傳來的第一個聲音，我們興奮地大叫——這可是貨真價實、來自地獄的聲音啊！回憶結束，畫面切換到現在呆呆站在電話亭前、一臉恍然大悟的我。我還記得當時地獄的那個傢伙，口氣很差地講沒幾句話就把電話掛了，之後不管我們再如何打十二個零，卻怎麼也打不通。

原來啊。

那不是打到地獄的電話，而是撥給了十年後的我。竟然是穿越時空的神奇電話啊！

花了整整十年，總算搞懂來龍去脈的我，心中實在震驚不已，在走回男宿的路上都持續地讚嘆，自己竟然參與了這樣可遇不可求的超自然現象，可惜《玫瑰之夜》早已停播，要不然我絕對可以上節目去現身說法一下。才在亂想著，一個荒謬的想法就突然冒出。

——那我現在打十二個零，是不是也會打到未來呢？十年前的我都那麼有行動力了，十年後的我當然輸人不輸陣，二話不說，拿起Nokia手機就帥氣地撥出十二個零。

是的，電話竟然通了。心跳加速的我連忙將滷味隨手放在一旁，全神貫注地面對手中的手機。

好緊張，簡直比當年赤手空拳參加大學聯考還要緊張。

「喂？」電話響了很久，對方終於接起。是一個微帶顫抖與沙啞的男聲。是一個化成灰我都認得出來的男聲。

「宋英凱！哎呀怎麼會是你接電話！」我興奮地大叫，明明我就是撥出十二個零，卻可以通到英凱的手機，這絕對是一通非常了不起的電話。

「岳……岳成？」英凱的聲音聽起來相當困惑，語氣虛弱得沒有一點肯定。

「對啊，是我啦！」聽到英凱一頭霧水茫然的聲音我暗暗覺得好笑，不過是說如果換成是我接到來自過去的電話，也會被嚇得不知所措吧！

「英凱，我先問你，現在是西元幾年？」我想要確認這通電話不是我很白癡地打給現在人在高雄讀醫科的他，還自以為穿越什麼時空咧。

「嗯……今年是二〇一三年。」他回答，聲音一樣古怪，不像平常的他。

「好。」我吐了一口長氣，清清喉嚨，「英凱，你聽好，這是一通來自十年前的電話，我們現在所說的每一句話，都可能左右人類未來的歷史發展。」

「嗯。」對於我這麼認真地發神經，他卻只是冷淡地用鼻子回應，看來這傢伙十年後變得相當古怪，也許是當醫生壓力太大了，已經喪失了我們原有的熱血與熱情。

「我現在這裡的中原標準時間是二〇〇三年八月十二日晚上九點四十九分，

也就是說，我從十年前打電話給你。」雖然他的態度冷淡，但我還是相當有耐性地解說這通電話的偉大。

「你是說二〇〇三年八月十二日嗎？」他總算有點回應了，但語氣依舊要死不活的。

「是的，如果你不相信的話，我還可以告訴你上禮拜的《我猜》憲哥說了什麼笑話。」我信誓旦旦地說，卻發現收訊似乎開始有點不良。

「那我們……是……週末……一起……去溪邊……的……嗎……」他的聲音斷斷續續，我看這通電話快不行了，依照小時候的經驗，穿越到未來的電話如果斷了，就再也打不通了。

——這傢伙還在問我什麼溪邊烤肉的事！我還沒問下一期樂透彩的頭獎號碼，也還沒問我湖老大的麻煩官司是否一切順利，絕對不允許這通電話就這麼消失。

「喂喂喂？英凱！有聽到嗎？我有問題要問你啦！」我激動地對著手機喊著，英凱那邊的聲音微弱得幾乎聽不見。於是我決定問一個關於未來、我最迫切想要知道的問題——

「十年後，雅薰是跟誰在一起？」問題一出，通話中斷的聲音就該死地在我耳邊響起。

「靠！」我懊惱地慘叫，氣憤地將手中的Nokia手機狠狠往前一拋。沒關係的。

它是3310。破碎的只會是我興奮期盼的心。

二、宋英凱 二〇一三

從醫學院畢業之後，我在這家醫院待了快五年，雖然已經不是最資淺的菜鳥，但我每天依舊忙碌，忙碌得甚至離不開醫院，整天待在病房與診間之中，就連白袍都很少有褪下的時候。

面對這樣的生活我並沒有怨言，因為我很真誠地知道，並不是生活壓得我喘不過氣，而是心裡更深層的那些，迫使自己必須追求這樣的忙碌。

某種程度的荒謬，這竟是我醫治自己的糟糕處方。

晚上九點多，當我巡視完各病房病人的狀況後，拖著生理上已然疲憊的身軀慢步走回休息室，而白袍左側口袋裡的手機突然響了。星期一晚上九點多，有很多人有可能打給我，但絕對不應該包括他。我看著手中不斷震動的手機，螢幕顯示的來電號碼卻讓我遲遲不敢按下接通。是岳成。

已經過世快十年的岳成。

我始終沒有將他的手機號碼從通訊錄中刪除，在醫學上死亡的定義有許多說法，但對我而言，身為最好朋友的他從來就不曾真正地消失，他只是用另一種形態，繼續存在於我的認知當中。

即便如此，這個他死後早已停用的號碼也不應該在此時此刻打給我。手機依舊震動。我並不諱言自己遲未接通，有部分原因是對於靈異和未知的恐懼，但更多更大部分的原因，則是我心裡最深層的灰暗記憶。手機依舊震動，焦急而催促的震動。就像那時候的水聲一樣，充滿了包圍與威脅。而我顫抖的手最後還是按下了接聽。

「喂？」我試探的聲音因緊張而有些沙啞。

「宋英凱！哎呀怎麼會是你接電話！」電話的那頭是他，好久不見的熟悉聲音。岳成，我永遠最好的朋友。他說他是從十年前打來的，在還沒發生那件事之前。

他陸續說了許多話，但我沒有辦法很專心聽他在說些什麼，回憶就像暗黑的流水不斷湧進，從我的耳朵、從我的雙眼、從我的口鼻傾瀉而入，我像當時一樣地危溺，從而生起的恐懼讓我的身體懦弱地顫抖，壓迫著我的呼吸系統，緊緊地像要奪去我的最後一口氣。

「十年後，雅薰是跟誰在一起？」這是通話因收訊中斷前，我聽見他所說的最後一句話。

老實說，即便收訊沒有中斷，我想自己也會因為這句話而掛上電話。我將手機隨手一擱，雙手撐著桌面，心跳劇烈地喘著氣。剛剛那通電話是千真萬確的事實。而岳成早已死去，也是千真萬確的事實。

兩個事實之間的極大落差不管是什麼原因，都不是讓我如此震驚到難以承受的理由。

而是他最後的問題，那個我這十年來一直在質問自己的問題。我、岳成是最好的朋友，但我們都無可救藥地愛上雅薰，這是我們一直心照不宣的事實，就連雅薰本人都相當清楚，從很久以前就非常地清楚，清楚到表現出她的為難，難以抉擇的為難——亮麗溫柔的她從國中開始身邊就不乏追求者，但她卻一直到了大學，還是跟我們一樣保持單身。我們即便四散各地，但思念卻都是同一個方向。

直到那個夏天，那條溪邊。

那是二〇〇三年，八月十六日，星期六的炎熱下午。有一陣子沒見面的我們約到郊外的溪邊烤肉，大家手忙腳亂地升火、燒烤肉片海鮮的香味四溢、閒聊各自精彩的大學生活、感懷那最快樂但逝去已久的童年時光。

「吃飽了，該來飯後運動了！」岳成擦擦油膩的嘴，站起身來伸個懶腰，竟然就把上衣脫了，轉著脖頸手腳，開始做起暖身動作。

「你該不會要游泳吧？」雅薰一臉驚奇。是啊，鬼點子最多的岳成總能帶給雅薰生活當中的驚喜。

「哼哼，讓你們見識看看游泳系隊的實力。」岳成點頭，臭屁地笑著。

「飯後運動，你不怕胃下垂喔！」我笑著，卻也跟著站起來暖身——在高雄讀書的這幾年，游泳早已成為我生活中不可或缺的抒壓方式，陸地上的運動我可能比不過天生好手的岳成，但游泳可就不一定了。

「好，挑戰者，高雄醫科宋英凱登場，來賓請掌聲鼓勵鼓勵！」岳成樂得拍手大笑，「看誰先到對面就贏了。來！雅薰妳來當裁判喔！衛冕者與挑戰者請就預備位置。」

我們各自站在一塊大岩石上，眼下是清澈見底的溪水。

「準備好了嗎？」岳成笑著看我。

「沒問題。」我比了個大拇指。岳成看了雅薰一眼，坐在一旁的雅薰邊笑著邊裝模作樣地舉起手來扮起裁判。在那一瞬間，我突然覺得她跟岳成好像，都是那樣輕鬆幽默不拘小節的個性，與拘謹內斂的我在某些時候似乎格格不入。

「預備——開始！」我愣了一下才跳下水，在激起的水花間我看到岳成已經領先一大步的距離，我緊追在後，在清涼的溪裡我們玩著追逐的遊戲。游到對面的距離並不近，中間又有許多岩石阻擋，必須繞來繞去的我們速度其實沒有太快，當接近那塊石頭的時候，我們差不多已經游了一半再多一些的距離。

那塊石頭周遭的水是比較深沒錯，但應該也不至於讓我們出事，但或許從溺水中倖存的人們，十個裡頭有九個會不清楚出事的瞬間到底發生了什麼問題。溪水過深、突然抽筋、雙腿無力、體力不支、水流過急、一時分心……有太多太多可能又似乎不太可能的因素，導致我們兩人陷入現在的處境。在經過那塊大石頭時，我們突然失去了游泳的能力。

我顧不得前方的岳成怎麼樣了，因為連我自己都在踩不到底的水中拚命掙扎，手腳胡亂揮舞，隨著緊張失措，溪水不斷地從口鼻侵入，雅薰的驚叫聲從岸上傳來，從越來越遙遠的岸上。除了溪水，我的手腳什麼東西都碰觸不到，四肢越動卻越是僵硬，原本清涼舒服的溪水變得冷冽，透著絕望的冰寒。

完了，這次是真的完了。令我意外的是，此時我的腦海並沒有浮現所謂死前一生回憶的跑馬燈，取而代之的是一則則報紙與電視新聞的報導，大學生暑假溪邊戲水溺斃的新聞。我很害怕，非常害怕，但無能為力。在如此危急的時刻，我腦中淺薄的醫學知識開始幫我自己倒數，我知道，再過幾秒，一切都結束了。

我，宋英凱，二十一歲的人生就這麼戛然而止。也許不用再幾秒，當我這次揮手，如果再摸不到任何東西，就什麼都結束了。然後——我摸到了石頭的邊邊。微微的堅硬觸感，雖然只是削過，但我知道自己還有希望。人體的潛能真的不能小覷，從生理上我應該已經沒有多餘的能量去支持，但剛剛手削到石頭的觸感，卻給了我猛然的力量。於是我拚命朝著觸感的方向靠近，我知道石頭離我不遠。也許再一下下，我就可以碰到它了。

突然一股力量猛烈地牽制住我，甚至把我往後拉了一步。我的右腳被一隻手抓住，緊緊地，像抓住最後一根稻草似的。是岳成，我知道是他。我甚至知道我是他生存下去的最後希望。在湍急的水流，在慌亂的水花，在距離石頭不遠的距離，在兩人生死只在幾秒鐘的瞬間。我知道我救不了他，依照現在的客觀狀況，體力幾乎竭盡而被他抓住的我哪裡都去不了。

會一起死。

要不。**只能活我一個**。

這時雅薰的聲音極度不適當地傳來，在我必須要抉擇的此刻。

「**岳成！**」哽咽而驚恐的一聲，即便事隔多年後我依然無法確定是不是自己的幻聽，但當下就真的清清楚楚地傳進我耳內。我踹開了他。踹開了岳成，從小一起長大的好朋友。永遠的，好朋友。

我很清楚，雖然在物理意義上的動作我只是踹了他，但根本上實實在在地，我選擇殺了他。

殺了自己最好的朋友。

心裡痛苦難受到即便我終於摸上了石塊，卻絲毫沒有從鬼門關得救的喜悅。我只是趴在石塊上，大力地喘著氣，聲嘶力竭地哀嚎與嘶吼。

他死了。我看著跟我送上不同輛救護車、擔架上僵硬的岳成，我知道他離開了，再也不會回來了。

雅薰在哭泣，徹底崩潰地嚎啕大哭。我全身濕漉漉的，像淋著她的眼淚。原來我們三個人的故事，從來都不是我們所猜測的，竟是走向一個完全的意外。我從回憶中甦醒，許久未曾拜訪的回憶，歸來時我依舊滿臉淚痕。我一直是個相當理性的人，如果不是這通電話，我想自己可以永遠不再喚起這段過去。

理性而無情啊。但一旦喚起了，負面的情緒就像排山倒海，我將休息室的房門鎖上，埋在外套中靜靜地崩潰。我順著這通震驚的電話胡思亂想，我想起了很久之前，在我們小時候，曾經打過一通電話，傳說能與陰間通話的號碼，而當時也確實得到了不知名彼端的回應。如果那是陰間，我渴望與它對話。畢竟那個夏天結束得太過突然而驚嚇，我有許多話還來不及對岳成說。我不知道何時已經拿出手機，撥出了十二個零，傳說能夠通到陰間的號碼。手機通了。

我的心並沒有懸念太久，因為對方很快就接起電話。

「喂？」我的聲音有著難以平復的哽咽。

「我等你很久了。」我皺眉。

因為手機聽筒傳來的竟然是我自己的聲音。也許略加低沉，也略微冷靜和理性。但那就是我自己的聲音。

「我知道你很疑惑，但這通電話的時間有限，原諒我長話短說。」另一頭的我平穩地說著，像是在描述一件計畫中的事，「我就是你——正確地說，我是十年後的你。」如他所說的時間有限，這通電話似乎因為收訊不良的關係出現了雜訊，我也不插話，靜靜地聽著他說。

「首先，我知道你想聯絡岳成，撥打十二個零並沒有錯，但必須要在午夜十二點整撥出，才能聯絡上他。」另一頭的我說明著，聲音已經開始有些不清楚。

「再來……喂？喂……」他才說著，我們卻都已感受到這通電話即將結束。

「記住，珍惜你所愛的人，而……」他匆忙地說著，像是有什麼一定要告訴我的話。

「……你過去以及現在所設想的那些，已經是未來最好的結局了。」來不及道別，這是我聽到他所說的最後一句話，也是十年後的自己迫切要讓我知道的事，我清楚地收下了。

看著手機螢幕顯示的時間，距離午夜十二點整還有兩個小時左右。我穿上外套，走近平常休息的床，從床下角落拿出一包藏放已久的香菸與打火機，我原本以為不會再拿出它們了。我走過深夜寧靜的病房走廊，獨自走上醫院的頂樓天台。夏夜天台，風淡淡地吹。我看著底下尚未歇息的城市光影，像是一條條金黃色的川流，這般景色我有好久未曾見過了。我抽出一支香菸，這種有害身體的東西我並不擔心它的保存期限，我看著它，想起了他。那是高中準備聯考的那段日子，我和岳成相約回國中母校打籃球，渾身是汗的我們坐在司令台，享受著考生難得的忙裡偷閒。是我從包包拿出了香菸，那時我剛抽幾個月，聯考的壓力大到讓我喘不過氣，彷彿只有在煙霧裡我才能呼吸。

是他一巴掌拍掉我的香菸。我原本以為，自己抽菸的舉動會讓一向喜歡嘗鮮的岳成覺得很酷，會讓自己得到比岳成更加成熟的優越感，但我顯然錯了。

「你不是想當醫生嗎？抽什麼菸啊！」他表情認真地說。那一刻我更加確認，他真的是我最好的朋友。他的這句話我一直記在心裡，之後我就算壓力再大，頂多就是買包菸，放著、看著，想起岳成對我說的這句話，然後不去抽它。直到在溪邊出事的那晚，我獨自在深夜的戶外，蹲在地上不斷啜泣，然後不斷抽著菸，像蜷縮在悲傷的煙霧裡似的。又直到現在，我在醫院的頂樓，等待午夜十二點的到來，我用顫抖的雙手點燃了那支菸。

煙霧揚起，我吸進一種獨特的氛圍。然後雙手慢慢地停止顫抖，彷彿從體內開始暖和起來。我抽得很慢，一支一支、一分一秒地接近十二點。黑暗的煙霧中我在沉思，待會應該跟他說些什麼。終於我熄掉菸，十二點到了。

我撥出十二個零，傳說通到陰間的號碼。電話通了。我的心赤裸得沒有一絲遮蔽。

「喂？」但當聽到他接起電話的第一聲，我的淚水就無法自抑地潰堤，整個人濕漉漉的，就像那天爬上石頭、狼狽不堪的自己。

三、李雅薰 二〇一三

最近公司接了一件大工程，所有人每天都忙得不可開交，我好不容易處理完課長交代的事，抬頭一看牆上的時鐘，竟然已經超過半夜十二點了。

「辛苦了，別太累。Allen」我看著辦公桌上的手調飲料，塑膠瓶身因為冰融而冒出水滴，上頭貼了張小紙條，是Allen下班前買來送我的。

公司同事都知道Allen對我有意思，但也都困惑為什麼年過三十的我，對於在公司表現傑出、主管都稱讚是明日之星的Allen始終冷冷淡淡。冷淡到飲料我並沒有帶走，甚至當我踏出公司，見到深夜在外守候的Allen，卻一點都沒有欣喜驚訝的神情。

「下班了？我剛好出來買點東西，要不要順便送妳回家？」他比著停在路旁的亮白進口車，謊話說得很爛。

「不用了，謝謝！」我微笑婉拒，「還有捷運，我搭捷運就可以了。」我沒有再多作停留，因為我也不忍心看見他尷尬而失望的神情。

不是你不好，只是我早已經有歸屬了。

回到家中，客廳只亮著一盞小黃燈。岳成坐在昏暗裡的沙發上，看起來心情不是很好。

「回來了？」

「嗯嗯，你怎麼還沒睡，在等我下班喔？」我邊脫掉高跟鞋，邊充滿笑意地看著他。

「對啊。」他勉強地笑了笑，表情有種說不出的複雜。

「怎麼了嗎？」我坐到他身旁，讓他用厚實的手臂摟著我，像摟著一隻小貓，而這隻小貓已經有點累了。

「我剛剛接到英凱的電話。」

在他懷裡的我身體震動了一下，整個人瞬間清醒過來，他則是用手掌輕輕安撫著我的肩膀。

「我們聊了很多、很多。」他說著，思緒像放到很遠地喃喃。然後我們沉默了。

那通電話是這十年來，他們第一次說話。

我知道他有很多情緒要去處理、平復，所以我保持沉默。他懂我的體貼，手掌依舊輕撫我的肩頭。

「妳明天會去醫院看他吧？」過了許久，他突然問道。

「會，我下班後會過去。」

「我跟妳一起去好嗎？」他像是考慮了許久，「我想跟他見個面。」

「不好。」我搖頭，直接了當地拒絕他，「你知道的，他現在這樣很好，你沒有必要再去驚擾他的生活。」

「我知道，但是真的要這樣讓他一直誤會我死掉……」他想辯解，卻又被我打斷。

「岳，我懂你。」我溫柔地趴伏在他一片寧靜的胸膛，「但是剛剛那通電話，就是你們之間最好的收尾。」

他看著我，想了想，沒有要反駁的意思。

「多了，就不好了。」我看著他，他的表情我看得清清楚楚。我曾經跟他說過，我喜歡夜晚不喜歡白天。

但我卻從未跟他說過，那是因為白天時，我總是看不清楚他的臉龐，模模糊糊的，彷彿他不是那麼真實存在似的。

翌日晚間九點多，我下班後便搭捷運到醫院找英凱。這已經是一種習慣，我每個月總是會去找他個一到兩次。那是獨立的院區，當我進去之後，我遠遠地就在病人當中看見披著白袍的他。等候他看診的病人總是長長地排著隊，他坐著一副木桌木椅，耐心地詢問病人的病情狀況。如果不是他白袍內穿的那套繡有編碼的病服，一貫梳理整齊、言談夾帶專業醫術口吻的他，你還會真的以為他就是醫生。

「妳來了啊？等一下喔，今天病人有點多。」他帶著歉意地對我微笑。

「好，你慢慢來。」我還以微笑，逕自找了張椅子坐在一旁。而他正在看診的這位病人我也認識，前陣子我來醫院時還常跳奇怪的舞蹈給我看，只見他現在正對著英凱振振有詞，堅稱自己剛剛吞下了好幾顆鑽石，腸胃因此有些不適。

「好，莊先生，你說你吞了四顆鑽石是嗎？」英凱問著。

「不是四顆，是五顆！五顆！」莊先生激動地比著「五」澄清。這裡是醫院附設的精神病院區，英凱被轉介到這裡治療已經好幾年了，主治醫師說他的病情相當穩定，甚至像他現在這樣每天醫生病人的角色扮演方式，也有助於其他病人的病情發展。十點多，當所有病人都回房就寢後，護理長特別允許我與英凱有獨處的時間。

「妳的氣色看起來不太好。」他看著我，「要不要我請護士幫妳預約門診，到我這裡做個檢查？」

「喔，不用啦。」我摸著自己略微消瘦的臉龐，「可能是最近上班太累了。」

「嗯，那妳要多保重。」英凱說，「我們到樓上透透氣好嗎？」他的眼神透露出他想跟我說些心事。

於是我們走上了頂樓，夏夜天台，有風輕輕吹過。

「介意嗎？」他拿出一包香菸——其實只是一包包裝破舊、草莓口味的香菸糖果。我搖搖頭表示不會，於是他拿出一根糖果，用打火機看似點燃了它。

「昨天半夜，我打電話給岳成。」他邊抽著「菸」，吞吐不存在的煙霧，一邊說著，「我沒有騙妳，我是真的跟他通到電話。妳還記得小時候我們曾經在公用電話亭……」他說著，過去的回憶不斷被翻攪而出，包括那通打到地獄的電話、那個夏天的溪邊等等，他說著，我聽著，雙雙都讓淚水爬滿了臉龐。

過去的，就讓它過去吧。

當他抽完最後一根「菸」時，夜已深了。我們互相道別，如果可以的話，希望也能一起向過去道別。

坐在回家的捷運上，窗戶反映我的臉顯得瘦而蒼白，於是我拿起化妝包補妝，想要遮掩去那些不健康的表徵。

然後我的手機響了，在午夜的十二點整。螢幕顯示的來電號碼是十二個零。

「喂？」是岳成，最讓我牽掛的聲音。

「妳要到家了嗎？」他溫柔地問。

「快了，我在捷運上了。」

「好，我等你。」掛上電話，我覺得心頭暖乎乎的。

因為我知道一直有個人，他會永遠等著我。

第十二罐　計程車

在十三號星期五這天，她二次搭上同一輛計程車，陌生的司機詭異地知道她的名字。

當某月的十三日剛好是星期五時，那天會被稱為黑色星期五，在日耳曼語系和羅曼語系的文化中，十三號星期五被認為是不幸、不吉利的日子。有人說聖殿騎士團（Ordre du Temple）遭到屠殺的那一天就是黑色星期五，也有人說耶穌最後的晚餐在黑色星期五舉行，而猶大是當天的第十三位客人。這些典故身為一個粉領上班族、歷史又超爛的我，當然是估狗來的——就在我看到辦公室的桌曆，意外發現今天恰好是十三號星期五之後。

不管是不是迷信，但今天真的不是我的日子，明明是這個禮拜最後一天的上班日，應該要悠悠閒閒地為美好的週休二日做準備才對，我卻從一早踏進辦公室開始，就快被如雪片般飛來的公文淹沒，一個波蘿麵包一杯白咖啡充作我的早午餐，在往返各單位與接不完的電話間，不知不覺已經超過五點半的下班時間，更糟糕的是，我和嘉妤約好晚上六點半到餐廳，現在再不走人就真的來不及了。

我連忙丟下手邊簽到一半的公文，到洗手間克難地照著鏡子補妝，理了理操勞一天的疲憊倦容，然後三步併作兩步地衝到樓下門口。傍晚六點整，正值下班顛峰的台北街頭，車水馬龍簇擁著這個城市所擁有的密度。平常都是捷運轉公車到公司上班的我，如果再搭公車換捷運一路擠到餐廳的話，恐怕要七點之後才會到，我可不想因為遲到而被嘉妤拗請客。所以我只好選擇搭計程車——即便因為某些私人因素，我幾乎不搭乘計程車，對於這種交通工具充滿了排斥。莫非定律說的沒錯，果然我一做了這個決定就沒好事，公司前的馬路一堆計程車來來去去，我隨機一招手，靠近路邊停車的竟然就是這台計程車。相當老舊的國產車款，雖然看得出來司機還算是有在整理保養這台車，但比起其他從旁呼嘯而過的計程車，我招來的這部老爺車整個感覺就是相當不划算。不過人家都停車了，我也不好意思掉頭就走，只好摸摸鼻子自認倒楣上車。

「嘿！小姐，到哪裡去啊？」司機是個大概三十多歲，短髮黑瘦、穿著淺藍色襯衫的男子，熱情地轉過身來跟我打招呼。

「麻煩到基隆路跟和平東路路口。」我回答，同時看著車門上用來搖車窗的把手皺眉。

坐著老舊的皮椅，車上放的是充斥台語賣藥廣告的ＡＭ廣播，我彷彿進入一個與窗外不同時光的世界。車子在車陣中走走停停，不斷透過後照鏡偷瞄我的司機開始跟我攀談。

「妳在剛剛那間大樓裡上班嗎？」

「嗯。」我對他偷瞄的舉動很感冒，所以只用鼻音冷淡地回應。

「哇，看起來很氣派啊！」他傻笑，「待遇應該還不錯吧？」

「普普通通。」我看著窗外，刻意對他的問題心不在焉。

「妳現在是要回家嗎？」

「不好意思。」雖然說的是不好意思，但我卻已經板起臉孔，對於他冒犯到我隱私的問題相當不悅，語氣也就毫不客氣，「可以請你專心開車嗎？我趕時間。」

「啊歹勢啦！」他不好意思地用左手搔了搔後腦杓。

從後照鏡我看得出他臉上困窘的表情。然後他就真的安靜下來了。

但有那麼一瞬，他的抱歉話語、他用左手搔頭的動作，以及他臉上一閃而過的困窘神情，讓我的心裡扎扎實實地起了個突。突兀而奇異的感受稍縱即逝，在我還來不及思索那到底意味著什麼時，一切就像蒸發般說不上來。於是我們保持著沉默，窄小的車內空間裡只有懷舊的廣播音樂在流動。

「到了。」這是沉默後他所說的第一句話。

「嗯，謝謝。」我付了車錢，下車，關上略嫌笨重的車門，像重新回到現代都市的擁抱。這只是一天當中的小小插曲，我並沒有太放在心上，何況手錶告訴我六點半的晚餐約會已經遲到了，於是我趕忙快步前往餐廳。一進餐廳，就看到坐在位子上的嘉妤指著我微笑，裝出一臉很有事的表情。「齁齁！黃思怡，妳遲到了！」

「饒了我吧大姊，我今天可是被好幾件公文追著跑耶！」我苦笑，剛剛快走還有點喘，我拉了對面的椅子坐下。

「不管不管啦！至少今天的飲料妳請客！」嘉妤笑著，像個樂不可支的孩子。我只好還以無奈的鬼臉。這是一間裝潢簡約的美式餐廳，在淡黃的燈光與恰如其分的人聲音樂之間，我們分享食物，也分享著姊妹淘好幾個禮拜沒見的生活心情點滴。女人的話匣子一旦打開了還真是沒完沒了，我們從我媽最近養的約克夏，聊到擔任美髮設計師的嘉妤前天遇到了一個嫌東嫌西的奧客，再聊到以前的高中同學嫁給富二代豪門生活的八卦，總之妳一言我一語，樂得哈哈大笑。隨著餐點一道道地端上，時間也漸漸流逝於食慾的滿足之中，桌上的甜點空盤盛裝著這餐的尾聲。

「欸，聽說最近你們公司的鄭課長對妳有點意思啊？」嘉妤似笑非笑地問著。

「別鬧了，他快四十歲了耶！我又不是大叔控。」我笑著搖手否認，剛好瞥見左手手錶顯示的時間，「哇！快九點了，不行不行，我得回去加班，我可不想假日被主任叫回公司加班。」

「哎呀，黃思怡妳真的是大忙人耶！原本還想找個ＢＡＲ續攤的說。」嘉妤嘟著嘴埋怨。

她雖是這樣說，但多年好友的她總是懂得我的難處。

「好啦！乖乖，下次換我請妳啦！我真的要先走了！」我吐了吐舌頭，匆匆忙忙地離開餐廳。

我是搭公車回辦公室的。

回到空蕩蕩的辦公室，我認命地打開檯燈與電腦，敲著起落的鍵盤，努力地生產主任交辦的企劃公文。我總計喝了一杯咖啡一杯花茶，完成了二十多頁的企劃書，當我終於按下WORD的存檔鍵，躺在椅子上伸懶腰打呵欠時，才猛然驚覺已經是深夜十一點半，最後一班公車再三分鐘就要走了。於是我顧不得凌亂的桌面，匆忙關掉電腦後，提著包包往樓下狂奔。但悲劇的結果是我站在深夜的街頭，呆呆看著公車紅色的車尾燈遠去。糟糕，那我該怎麼回家呢？深夜十一點半，我再怎麼不孝也不敢挖老媽起床騎著機車冒著冷風來載我，但如果用走的回家只怕我疲憊的身軀撐不了遙遠的路程會半路軟腳昏迷，看來計程車是我唯一的選擇了。

是啊，我最討厭的計程車。好像有人說過，當你不需要搭計程車的時候，你會發現滿街都是計程車，而一旦你真的需要搭計程車時，卻一台也招不到。深夜的路口冷冷清清，等半天等不到一台計程車，好不容易等到一台時卻又偏偏沒亮空車的紅燈，我站在街上整整吹了快十分鐘的冷風。正發愁時，後頭突然傳來汽車喇叭聲。

叭叭！我回頭，一台計程車靠了過來停下。

我瞇起眼，這不是我晚上搭的那部老爺計程車嗎？我疲倦的眼皮已經沉得快闔上，還管他什麼老爺不老爺，它根本就是可以讓我快點回家躺平睡覺的救星！

「好巧啊！小姐又是妳！」司機大哥笑得很開心，想必是今晚生意冷清，他樂得能夠在深夜多賺一筆。

「對啊。」回家總算有著落的我心情還不錯，就回應了他一下。

「妳又回公司加班喔？」他問道。

「嗯嗯，有一件企劃案要趕工。」

「真辛苦啊。」他感嘆。

然後他不再說話了，車內只剩下廣播的懷舊音樂。也許是前次的經驗，他怕再碰我的釘子，所以選擇了沉默。我也樂得輕鬆，躺在老舊的皮椅上，看著窗外行經的深夜街景。

一切都很平靜而穩定，直到那個路口，那個該要轉彎的路口，他卻選擇了直行。他是不小心開錯了嗎？還是路不熟呢？或者是想繞遠路多賺點車資？還是……我不敢再往下想，連忙出聲想要確認現在的狀況。

「司機先生，剛剛那邊應該要轉彎吧？」我緊張地問，聽得到自己吞嚥口水的聲響。

「嗯。」他只用鼻音回了一聲，逕自看了眼車上顯示的時間，深夜十一點四十四分。

然後他踩下油門，車子猛然加速前進。

「喂！你要幹嘛啦？」我尖叫，感覺他與這台車都完全失控了。

「歹勢啦！我必須要趕去一個地方，快來不及了。」他繼續飆速著，一邊緊盯著車上的時鐘。

「你不要亂來喔！」

「放我出去！停車！」

「救命啊！救命！」

只見窗外景色因為車速而飛快地模糊，這種速度我如果跳車想必不死也半條命，但不管我在車上怎麼吵鬧、怎麼尖叫怎麼捶打他，他就是冷漠而專注地開他的快車，絲毫不受我的影響。

最糟糕的是，我竟然把手機忘在辦公室。所以我不能阻止他，不能跳車，也無法用手機求援，就像被綁架了一樣，任由他將我載往他急著想前往的地方。路旁越來越荒涼，我的心情也從原本的震驚氣憤，慢慢轉變成恐慌害怕。我不再吵鬧了，全身無力而安靜下來諦聽著深潛的沉默，我像一顆放在砧板上等待宰殺或者慢慢融化的冰塊。

然後，他停下車子。

停在荒郊野外。

周遭偏僻得沒有一點光線。

我瞄見前座儀表板顯示的時間是深夜十一點五十六分，黑色星期五只剩下最後四分鐘。

打到P檔拉起手煞車的他，在駕駛座上突然劇烈地喘著氣，像是情緒猛爆似的，他的身體無法抑制地顫抖，激動地顫抖——直到他從副駕駛座的置物箱拿出一把銳利的水果刀。

我的心彷彿被鏤空似的虛浮，被恐懼徹底侵蝕的空蕩。

他回頭看著我，我看著他臉上表情的猙獰與壓抑，那是充滿艱困的人性掙扎。

我很害怕，害怕到無法在臉上形成任何表情，就只能茫然地看著他，讓一則則計程車司機強暴殺人的社會新聞飛快地在我的腦袋翻攪，混亂著我何其薄弱的求生意志。

「下車。」

他說了這兩個字，齒唇嘴慢動作似的說。

我還來不及反應，「黃思怡，妳給我下車！」他吼道，發自喉嚨深處撕裂似的咆哮。

被恐懼攫住身體的我哪受得了這樣的驚嚇，我根本無法思索、地笨手笨腳拉開車門鎖，慌亂跌撞地跳下了車。

我站在一片漆黑的荒郊野外，深夜山風有些寒意。我不知道他叫我下車的用意，更不知道是不是要趁這個時候逃跑，但是陌生無助、廣袤黑夜的四下我又能逃去哪呢？於是我只能呆呆地看著那台計程車，看著我所有恐懼來源的車內。

然後他一刀割斷了我的理性——依然坐在駕駛座上的他，拿起那把鋒利的水果刀，在自己的左手腕深深劃下一刀。

這刀劃醒了我，我才猛然驚覺到——他怎麼會知道我的姓名？

然後，再一刀。

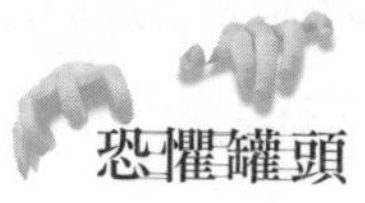

刀割的痛苦像我腦中所浮現的線索，那震撼而呼之欲出的事實。

又一刀。

溢出的鮮血爬滿了他的身子，在他淺藍色的襯衫綻開了一朵朵慘豔紅花。

我用雙手摀著臉，企圖遮擋的並不是眼前他這般自戕的舉動，而是從我腦海不斷湧出的回憶。

深沉而久遠，片段而碎裂的回憶。

父親在我很小的時候就離開人世了，那時候的我懵懵懂懂，對於他的死亡沒有悲傷、沒有痛苦，或者其他較為深刻的感受。我只知道那天家裡來了很多親戚，大家披穿上白色的服裝，晚上來了和尚跟道士，屋內裊繞了好幾日的檀香，媽媽哭腫了雙眼，而除了哭聲以外，那陣子我都聽不見太大的聲響，一切都悄悄低低的，像是一種耳語，只是那時年幼的我並不知道那些耳語是關於悼念與悲傷。我甚至對於躺在棺木裡的父親沒有太大的詫異或震撼，他像是睡了，安安靜靜地躺著，表情沒有痛苦也沒有喜悅，讓人猜不著他的夢。許多年之後，慢慢長大的過程中，我終於將棺木裡他沉睡的樣子與死亡連接起來，然後才知道——我沒有爸爸了。

「爸爸是怎麼死的？」有好一段時間，當我和媽媽獨處時，我都會問她這個問題，每次都想從她口中得知一些更加具體的描述，天真地以為這樣可以讓自己對父親不是那麼的陌生。

「那時候我多小？」

「爸爸以前都叫我什麼？」

「他會常常跟我玩嗎？」

「他喜歡抱我嗎？」

「我有坐在他肩膀上過嗎？」

「他會不會很捨不得我們？」

「媽妳會想爸爸嗎？」

「我好想爸爸喔。」

這些疑問盤旋在我的童年時光，我和媽媽常常在這些問題與答案之間相擁而泣，她說，爸爸很愛很愛我們，但他不幸生了病，是病魔帶走了他。差不多是我上國中、開始聽得懂親戚避談的口吻以及不經意脫口而出的時候，我倔著脾氣向媽媽頂撞，咄咄逼人地要問出爸爸過世的真相。

「我不是小孩子了，我有權利知道自己的父親是怎麼死的。」一正經八百的一字一句，都像是劃在我們母女的心坎上。

而媽媽激動的回答更是顛覆了我整個童年，那個以想像支撐、脆弱不堪的童年。原來爸爸是自殺死的。

沉迷股票投資失利的他，半夜偷偷開著平日營業用的計程車出門，然後就再也沒回來了。他被發現時手裡握著一把水果刀，身上淌滿了血，坐在駕駛座的他卻哪裡也去不了，就連一封遺書都沒留下。

我很震驚。相當相當的震驚。

因為我說服不了自己，做出這樣選擇的父親，還會多麼愛著我和媽媽？是他自己選擇拋棄了我們啊！

於是我鄭重地向媽媽道歉，也要求自己從此不能再為父親落淚，因為我的爸爸不是死了，而是我根本就沒有父親，媽媽就是我在這個世界上唯一的親人。回憶中止，但我的眼淚終究還是滑落了，溫熱模糊，我看著依舊在駕駛座上割腕的他，一刀比一刀還要虛弱，一刀比一刀更接近死亡。我想起了他在車上的抱歉話語、他用左手搔頭的動作，以及他臉上一閃而過的困窘神情。

原來，是那麼久以前的記憶啊。終於，他的動作停止了，右手軟軟地垂下，在暗紅濕潤的血腥中嚥下最後一口氣。

然後我身處在片刻絕對的寧靜。

偏僻的荒郊野外，午夜的深暗，停止的計程車，靜默的屍體，凝滯的血流。在他雙手再次伸出、握住了他一向賴以維生的方向盤之前，我以為時間會就這麼暫停在這一刻，暫停在我人生的分水嶺之上。

「怡怡，上車吧。」他的聲音很虛弱，卻催動著我止不住的淚水。這次媽媽沒有騙我，小時候，爸爸就是這麼叫我。我坐上了車，一樣的後座，卻換了完全不同的視角。開車的不是計程車司機，而是我的父親。但我們卻保持著司機跟乘客般陌生的沉默。

我看見他身上的血慢慢地流進他的傷口，流回他的身體，彷彿影片倒轉似的，他流出的血越來越少，傷口也漸漸癒合，就像什麼事都沒發生過一樣。

如果真的是這樣，那該有多好。

「所以，自殺死亡的人，真的每天都要重複經歷自殺的過程嗎？」我開口，這是一個揪心的問題。但父親沒有回答，我從後照鏡看見他紅著雙眼，眼裡有著太滿的情緒。

「妳媽媽最近身體還好嗎？」沉默了半晌，他突然問道。

「沒有搬家吧？」

「妳後來讀哪間國小？」

「那隻大熊娃娃還在嗎？」

「工作都還順利嗎？」

「現在有沒有交男朋友？」

「妳長得跟小時候一模一樣呢。」

回家的車程大約十幾分鐘，車開得很慢，我們也聊了很多。我有時候笑、有時候哭，心情起起伏伏，而車到家門口的時候，我才發現，這竟然是我第一次跟父親聊天。

「到家了。」他說得很小聲很溫柔，像告別的口吻。

「爸，你要走了嗎？」我明知道答案，但還是忍不住問。

「怡怡。」他喚了聲我的名字。

「爸。」我哭了，徹底地哭了。

「對不起，爸爸那時候不夠勇敢。」

他也哭了，從我淚眼模糊的視線，我看見他的身子微微地顫動。

「我愛妳們……永遠永遠，都愛妳們。」我的淚眼汪汪、他的車身成了光影散去、留下深夜灰暗的街色，那晚的一切都是模糊的，只有爸爸最後說的話語，是那麼清楚深刻。

後來我習慣下班後坐在咖啡店裡，透過玻璃床看著夜晚街上的計程車來來去去。但卻沒有再看到那台計程車。

老舊的、獨特的、由父親駕駛的計程車。如果你看見的話，請你聯絡我。

我每個十三號星期五的深夜都會到那個荒郊野外，在路旁放下一束思念的白花。

第十三罐　變態

優子被一個變態跟蹤了，從學校到家中無所不在，
這一天，變態潛入她的房間……

我是個變態。

具體地說，現在偷偷潛入優子房間的我，是個不折不扣的變態。

夜裡沒開燈的房間顯得相當幽暗，僅有著窗簾半掀半闔透進的月光，我看了一下優子桌上的黑色小方形時鐘，晚上八點十一分，今天是星期四，優子要上數學補習班，九點下課，坐公車回到家大概是九點半左右。

也就是說，我還有一個小時以上的安全時間，可以自由自在地浸淫在優子的房間。我認識優子很久了，從那晚街上巧遇的擦肩而過，她在膝蓋以上的格子百褶短裙，修長雪白的美腿，及肩飄逸的黑髮，吹彈可破的完美臉蛋，溫柔清純的眼瞳，都是那麼讓我難以忘懷，尤其是從她每一寸肌膚所散發出來的青春香氣，更讓我不斷分泌出貪婪的垂涎，滿滿是難以下嚥的慾望。

於是我開始跟蹤她，無聲無息，隱藏自己不被發現地跟蹤她。然後我開始瞭解她，漸漸地就像她最親密的愛人一樣，瞭解她生活當中的每個細節。不論她是否願意，在我面前她沒有任何祕密，完全袒裎。我知道她的數學不好，上數學課時總是用鉛筆在課本上塗鴉；我知道她習慣在下午第二堂下課時，拿出從家裡帶來的小餅乾享用，我也知道上個月她鬧了好幾天的腸胃炎，有一次上課時她還忍不住舉手去上廁所，我一路尾隨著她到廁所，優子不愧是優子，就連拉肚子噗噗的放屁聲都可愛極了呢。

我甚至知道她瞞著爸媽，偷偷交了個染金髮的小男朋友，他們會在每個禮拜一跟禮拜三放學後，約在學校旁的偏僻小巷碰面，優子總是興味十足地聊著上課時的種種趣事，但金髮男卻心不在焉，只顧著對還穿著學生制服的她毛手毛腳，優子雖然笑罵著，但卻依然嚶嚀地回應他的撫摸，讓躲在轉角的我看得聽得血脈賁張，雖然衣衫凌亂的她、跟平常朋友師長面前的乖乖牌形象有很大落差，不過這樣偷嘗禁果的害羞優子我也是相當喜歡呢。

我躺在優子的床上，柔軟的枕被滿是優子的香味，我知道她不用香水，所以這股味道是來自她的身體肌膚，我用力地聞著，彷彿被她緊緊擁抱住一般，是啊，我已經不知道潛入她房間多少次了，每次卻都還是對她的床鋪流連忘返，尤其在幾個小時之後，換上睡衣的她也會躺在我躺過的床上，我們就像躺著同一張床鋪一起睡覺一樣，我一想到這點就會非常興奮，非常非常的興奮，興奮到就連外頭傳來腳步聲都沒察覺。當我從優子床上驚嚇跳起時，腳步聲已經距離非常非常近了，我知道外頭的那個人已經走上樓梯，也許再走個五步就能打開房門。

我根本逃無可逃。我驚慌地瞥見優子半開著的衣櫃。

門打開了，電燈也跟著一起打開。那個人走了進來。

優子是很重視隱私的女孩，所以她不在家時，她爸媽不會進她的房門。所以進來的人應該是優子。躲在衣櫃的我看不到房間內的狀況，屏住呼吸的我只能瞎猜，而心跳怦怦的我暫時想不出任何方法脫離這個困境。

然後瞬間我就不需要猜也不用想了。

因為衣櫃被打開了。

是優子。

我跟她四目相交，躲藏被發現的我感覺像全身赤裸暴露般難堪，臉上火辣辣的，腦中一片空白。

完蛋了。我不知道該說些什麼、或能說些什麼，只能傻傻地看著她發愣，一動也不動。我會被當成變態嗎？我會被當成罪犯嗎？她會尖叫嗎？她會報警嗎？我要制止她嗎？要先摀住她的嘴嗎？她會掙扎嗎？我需要用暴力嗎？壓制她之後我要逃嗎？

還是──我的腦中像有龍捲風在攪動般爆走，但優子的反應卻讓我的思緒更加混亂──她竟然沒有理會僵在她眼前發窘的我，只見她若無其事地從衣櫃拿出掛在我身旁的一件粉紅色連身睡衣。我睜著眼也張大嘴巴，看著她面對我，一顆一顆解開白色制服的鈕扣，露出了鵝黃色的內衣與豐滿的胸部，然後她褪下了格子百褶短裙，下半身只穿著跟內衣一樣鵝黃的小內褲，在穿上那件睡衣前的她，只穿著內衣內褲的她，為青春肉體下了最好的注腳，每一寸都是修長、白皙、吹彈可破的完美，她就像一株盛開的蓓蕾，充滿誘惑的香甜蓓蕾。誘惑到，即便處境極端難堪的我依然忍不住吞了吞飢渴的口水。我知道自己現在的表情一定很變態、很不堪，但優子卻一點也不畏懼，有意無意地對我眺了眼，就轉身躺到床上，躺在那張我剛剛才躺過的床上。孤男寡女的房內，這動作無疑是一個邀請。

我明白了，一切都明白了。我以為自己這段時間躲藏得很好，但優子其實全都知道，她容忍我跟蹤她，容忍我潛入她的房間，允許我分享她生活中的所有祕密，就像剛剛她毫無保留地在我面前裸露出她的身體一般，什麼認識、追求、交往都是無意義的浪費時間，她有著跟我一樣的心思，她甚至享受著我長久以來的窺探，與其說我躲得好，不如說她演得好，我們就在偷窺與暴露之間不斷地供需，我的慾望需要她，而她又何嘗不是如此呢？

可愛的優子一直都不像她的外表那樣天真清純啊。於是我走出衣櫃，走到了床邊。穿著睡衣的優子躺在床上，她閉上眼，雙腿一曲一伸，暴露著自己的迷人睡姿。

此時她的身體會說話，她略微不穩的呼吸會表達，我知道她無言但澎湃的渴求。我早就預感會有這麼一天。於是我吻了她，在她的頸上，她鬢邊髮絲的香氣不斷湧進，我感受到她肌膚的甜美，像一層薄薄的蜜糖。我持續吻著她，她沒有任何的不悅或抗拒，依舊是睡著般地安安靜靜。真是愛演戲的優子呢。

我的吻加重了些力道。那時候明明就發現了我，為什麼還要讓我跟著妳去廁所聽那麼害羞的聲音呢？我開始吸吮著她的白皙的脖頸。每個禮拜都知道我跟蹤妳，為什麼還那麼肆無忌憚地跟小男朋友在巷弄擁抱熱吻呢？

我盡情地吸吮著，彷彿她的皮膚能滲出蜜一般。原來優子就是喜歡在我面前暴露啊。妳真是個變態呢。

腦中越來越興奮的思緒引領著我所有的感官達到了極限，於是我咬了優子，在她的脖頸上，我忘情地、狠狠地咬了她一口，這是我對她最激烈也最寵愛的回應。

但優子卻突然打了我一巴掌。她的力氣大得瘋狂誇張。

我竟像是被大卡車撞擊一樣支離破碎，全身血肉骨頭幾乎都要斷裂，我拚了命地逃退到牆邊，卻怎麼也止不住身上四溢的鮮血。

只見優子下了床，用她依舊那樣無所謂、不帶特別情緒的美麗雙眼看著我，沒有憤怒、沒有悲傷、沒有掙扎，彷彿我只是個可有可無的陌生人，好像剛剛那個深情濃厚的吻根本就不存在一般。她竟然又揚起了手，那隻有著恐怖殺傷力的手。傷勢嚴重、奄奄一息的我縮在牆邊退無可退，根本就沒有任何抵抗的能力。虛脫的我只能凝望著她，我最深愛的優子，想殺了我的優子。窗外的月光此時灑了進來，皎潔在她的臉上。我的最後一眼是她脖頸上沾染的、我所散落的模糊血肉。

殺了我吧沒關係。因為我已經留下最牽腸掛肚的思念。啪！

娶了紅玫瑰，久而久之，紅的變了牆上的一抹蚊子血，白的還是床前明月光。

——張愛玲，《紅玫瑰與白玫瑰》

第十四罐　解剖

病理學打開人與上帝的窗，病理學家看盡血肉之軀的沉淪腐化。——《PATHOLOGY》（2008）

我記得那天原本是個晴朗天氣。我跟徐法醫一大早就來到殯儀館，下了車陽光明媚，跟周遭瀰漫的肅穆氣氛有著相當反差。解剖室位在殯儀館的中心，我跟在徐法醫後面提著大皮箱，我們一路穿過大大小小的廳堂，沿途有誦經念佛聲，有檀煙花香，有低暗悲傷的淚咽，有木然淡漠的神情，有著一切生命逝去時所餘下的平靜，沉重而巨大，是生者從來未曾想過會擁有的平靜，和悼念。人死了，什麼都帶不走，只留下生者獨自思考——關於你的死亡，對他的生活究竟造成了多大影響。

就像那句老掉牙的台詞，「我們或許最害怕的不是死亡，而是害怕被遺忘」。當一切的喪禮儀式都過去，當因為你的死亡而團聚的親友們紛紛返家，當他們的生活都回到了正軌，當漸漸彼此談天的話題不再提起你之後，你就真正地死去了。不過，徐法醫和我並不是要處理這種形而上的死亡，我們的專業要服務的對象，是喪失心肺功能、無法獨立呼吸，那種醫學上、法律上的死亡。

譬如說我們今天的第一件CASE。

二十八歲的青年男子，身高一七四公分、體重六十九公斤，平頭蓄鬍，有抽菸飲酒習慣，雙前臂有龍紋刺青，這些是地檢署的相驗屍體報告書告訴我們的資料。死者現在全身赤裸、安安靜靜地躺在冰冷的解剖台上，左肩到右腹有著一道

深且長的刀傷。徐法醫和我的工作，就是必須判斷那道顯眼的刀傷，是不是造成他現在一動也不動的原因。昨天早上八點多，雲林鄉下一名老翁到田裡務農時，在草叢邊發現死者倒臥在地，沒有生命跡象。對檢警來說棘手的是，截至目前為止，砍他這刀的凶手依然下落不明。

鄉下地方，沒有人煙、沒有監視器，整件命案無疑墜入了五里霧中。

死者死亡距離發現屍體的時間大約只相隔兩小時左右，警方及時將他送入冰櫃冰存延緩了屍體現象，除了發硬的屍僵與冰透的屍冷以外，他和生前沒有太大的不同，只是那鬆弛的面肌除了森寒凝重之外，永遠都不會再有其他表情了。人間的喜怒哀樂，從此再與他無關。他的太太含著眼淚，強忍悲愴確認死者身分後，我們請她到外頭等候，家屬等候室有個電視螢幕，透過解剖室內的攝影鏡頭，她能夠清楚看見整個解剖的過程——雖然家屬有在場的權利，但體諒家屬也體諒自己，我們往往不希望他們在場，畢竟他們所深愛的親人，將在我們的刀下赤裸地攤開來，血腥而難堪地支離，拆解成部分又部分，根本不能稱之為人的血肉——靈魂走了以後，每個人都非常公平地只剩下一副臭皮囊。

解剖室裡只剩下一位負責攝影的偵查佐、一位擔任記錄的鑑識巡官、一位代表解剖程序合法性的檢察官，以及我和徐法醫。大家換上了綠色的解剖衣與頭套，檢察官跟兩位警察還戴上了口罩，站得離解剖台有些距離。

「那我們開始了嗎？」徐法醫拉了拉手上的醫用乳膠手套。檢察官點頭。

我將一塊木枕放到死者頭下，讓他的身體順著解剖台的設計構造高高挺起胸膛，像位慷慨赴義的英雄。然後徐法醫拿著解剖刀，用他的右手——曾經是外科醫生的他，擁有一隻最平穩冷靜的右手。

一刀劃下，鋒利地解開他的胸膛。

幾乎沒有血液順著刀痕流出，畢竟屍體冰存了十幾個小時，該流的血也早都流光了。還記得我第一次站上解剖台時徐法醫告訴我，外科醫生跟法醫師最大的差別在於，外科醫生每劃一刀都要謹慎小心地注意止血，而法醫不用，你愛怎麼切、血愛怎麼流都沒關係，一向不戴口罩解剖的他咧嘴笑笑著說。是啊，解剖時的徐法醫就是這樣談笑風生，我跟著他解剖快六年了，他擁有中等的身材與平凡的外貌，跟路邊隨便一個五十多歲的歐吉桑沒有什麼兩樣，但當他拿起解剖刀面對死因待查的死者時，那般輕鬆自若的態度，就有著一股深深吸引人的詭譎魅力。

生與死的邊界，如果有人能在墳上起舞，那最優雅的姿態也莫過於如此了，他就像拿著解剖刀的上帝，擁有唯一能諦聽死者聲音的全知全能。我沿著解剖刀的切割，使力地往兩側扒開皮肉，一邊用刀具將軟綿的黃色脂肪除去，慢慢地死者的體內露了出來，裡頭血淋淋地盛裝著國小健康教育課本上畫的人體器官圖。

「整個肺臟都破裂了啊。」徐法醫割下死者的左肺拿起來端詳，「不過這個肺也太黑了吧，檢座你看看，抽菸多可怕。」站在一旁的檢察官是地檢署有名的老菸槍，看著那塊發黑的肺只能搖頭苦笑。

我們切下一個個臟器，裝進鐵臉盆內秤重，再每個割下一小塊裝進檢體盒內準備帶回去化驗，等死者胸腔腹腔都檢查確認完畢後，徐法醫橫向切開了他的頭皮，將兩塊頭皮各自往下掀，前半部的頭皮連著其上的頭髮蓋住了他的臉，而這一幕也是解剖過程中我最不能接受的畫面——是啊，他現在這副模樣根本就不像個人啊，人什麼時候會被自己的頭皮頭髮覆蓋臉龐呢？

對這畫面過敏的我沒有再多看一眼，拿起了解剖台旁的電動切割器具，金屬刀鋒的旋轉聲起，我開始切割他堅硬的頭蓋骨。檢察官他們都相當有經驗，這時是最容易被死者肉屑體液噴濺的時候，他們自動又站得離解剖台更遠些。

氣散塵粉，此生如煙。

他的頭蓋骨被掀了起來，一顆失去血色的大腦暴露出來。徐法醫仔細端詳著，認真確認它是否被頭骨保護得安然無恙。

「好。」徐法醫離開他的腦袋，回到解剖台。

「所以死因就是這個刀傷？」檢察官問道。徐法醫點點頭，卻又突然搖了搖頭。

「老師，怎麼了嗎？」正在縫合頭皮的我問道。

「你們有沒有聞到什麼味道？」徐法醫才問著，立刻就俯下身嗅著還未縫合起的死者腹腔。

「什麼味道？」檢察官疑惑，但拿下口罩的他只聞到一時無法適應的撲鼻血腥味。

「酒味，很淡很淡的酒味。」徐法醫給了答案。與此同時，跟徐法醫一樣未戴口罩的我也聞到了淡如空氣的酒味。

「小朱，取一下他的胃容物帶回去化驗。」徐法醫先吩咐我，再轉頭告訴檢察官，「檢座，或許可以查一查他前一晚是跟誰喝酒。」檢察官眼睛發光，毫無頭緒的案情似乎有點眉目了。

躺在解剖台上的死者依然僵直沉默，但徐法醫聽到了他的聲音。就像這些年來我跟著他解剖，他時時掛在嘴邊叮嚀我的話一樣——「**在我們的刀下，沒有冤魂。**」

我從原本的法醫師助手到現在自己也成為了法醫師，但遇到機會我還是會跟徐法醫一起解剖，目的就是希望能一直跟隨著他，持續而親身地實踐這句承諾。上午三件解剖，下午也是三件解剖，我們準備要離開殯儀館時已是傍晚時分，夕陽西下，染得天地彷彿生命盡頭的顏色。我和徐法醫坐在法醫休息室內閒聊，他仰頭喝完他太太幫他準備的冷泡茶。他和師母相差快二十歲，在當時還是轟動一時的師生戀，當時在大學兼課的徐法醫受到不少女學生的仰慕，但也只有師母的出眾氣質能讓徐法醫動心。

我認識師母也好多年了，她講話總是輕聲細語，就像她對徐法醫無微不至的照顧與貼心，冬天熱薑湯、夏天冷泡茶，從她每天幫法醫準備的飲品就可以瞧見端倪。且她的廚藝精湛，徐法醫總是笑說只有師母能滿足他的口腹之欲。他們結婚十幾年，雖然沒有小孩，但婚姻生活依然幸福美滿。

「差不多啦，我要回家吃晚餐了。」徐法醫提起公事包起身，「小朱，要不要一起來用個便飯啊？」

「老師不用啦，我也跟朋友約好要聚餐了。」我微笑，伸了個舒服的懶腰。

「好，那我們今天就到這裡收工啦。」他也笑笑，神態輕鬆地離去。結束了一天的忙碌，但身為法醫，真正讓我們感到放鬆的，是那心安理得的踏實感。

晚上八點半，和朋友吃完飯的我回到家中，才剛洗完澡換上睡衣，躺在沙發準備慵懶收看電視的時候，放在桌上的手機突然響起，是徐法醫的來電。

「喂？老師？」

「小朱，你現在馬上到殯儀館來一趟。」徐法醫的聲音聽起來相當沉重與疲累。

「好。」我從來沒聽過徐法醫這般不尋常的聲音，二話不說掛上電話，起身換衣，驅車前往殯儀館。開車到半途突然下起雨來，夜間令人措手不及的雷陣雨，車上的我看著街上行人慌忙地躲雨。是啊，今天原本是個晴朗天氣，但人生總會遇見猝不及防的轉折。

停好車，我撐著黑傘走進殯儀館，將雨聲留在戶外。夜間的殯儀館格外冷清，家屬零零落落，誦經聲斷斷續續，散落在低沉漆黑的偌大空曠中，讓死去的人們顯得更加寂寞無依。我快步走向解剖室，沿經的走道一片漆黑，工作人員的辦公室也未開啟，我心裡不禁起了突，在我的經驗裡，夜間解剖已經相當罕見，但像現在這樣沒有其他殯儀館工作人員陪同的狀況更是前所未聞，彷彿我私自闖入了解剖室一般。胡思亂想在我踏進解剖室的那刻就終止，因為徐法醫已經換好了整套解剖衣，站在解剖台旁等我。

「你遲到了，快開工吧。」倚著解剖室內明亮的燈光，他的臉雖然疲倦，但依然給了我一個熟悉的微笑。顧不得現場沒有檢察官也沒有警察協助，跟隨徐法醫這些年下來我很清楚，他就是解剖程序中唯一必要的存在。

我快速地整裝完畢，走向解剖台面對死者時卻不禁皺眉，讓我感到困惑的原因有兩個：第一，死者身上的衣服還未褪去，加上全身上下新鮮的血跡斑斑，看得出他是案發後立刻被送進解剖室，但什麼樣的案件會這麼緊急？

第二，死者的頭顱都扁掉了，成了一塊根本無法辨識面容的慘壓血肉，而這樣死因明確的案件，還有解剖的必要嗎？我不清楚徐法醫臨時急CALL我過來解剖的用意。整件解剖都是如此的倉促，甚至沒有地檢署提供的相驗屍體資料，改由徐法醫口頭向我說明死者的狀況。

「死者為五十二歲男性，身高一七一、七十二公斤，無抽菸飲酒習慣，今天晚上騎乘自行車時，在八點十一分許於大同路二段遭一台自小客車從後方追撞，倒地後頭部遭到輾壓，當場死亡。」我一邊用剪刀剪開死者的衣物，一邊聽著徐法醫的說明，越聽越覺得怪異。

這不就是尋常的車禍案件，為什麼要解剖呢？但拿著解剖刀的徐法醫跟平常解剖輕鬆自若的態度大相逕庭，他的臉上看不出任何的情緒，平靜得像湖水，有著深不見底的隱藏。所以我也不敢多問，除去死者身上的衣物之後，在他的頭下墊起木枕，讓他挺起胸膛，展開解剖的預備姿勢。於是一刀鋒利地劃開。

但我注意到徐法醫的手微微發顫了一下，哪怕只是一瞬，卻還是留下了他不曾發生過的歪曲切口。而我在刨除切口脂肪的時候，看見了那塊在死者左臂上，拇指大小的傷疤。

晴天霹靂。

我彷彿被一道雷電狠狠劈中。我的手不由自主地一鬆，刀具匡啷啷掉在地上。那是塊燙傷的傷疤。我在徐法醫身上看過一樣的傷痕，相同的大小、相同的位置。

每當徐法醫在說嘴他跟師母多恩愛時，總是會捲起袖子誇耀這道傷疤。在師母二十八歲的生日，平常號稱君子遠庖廚的他第一次下廚，料理了整桌的好菜當作她的生日禮物，當師母在甜點蛋糕中發現了那枚鑽戒，更是感動地落淚。他答應她，要一輩子都跟今天一樣寵她。而那天炒菜所留下的燙傷疤，為他們的愛情做了永遠的見證。

我的腦袋此刻轟隆隆的，眼前的景象不斷衝擊過來——躺在解剖台上的死者，身材跟徐法醫根本就是同一個模樣；剛剛剪卸的衣物，在印象中也看過徐法醫穿過；發生車禍的大同路，不就是每天徐法醫晚餐後習慣騎自行車運動的路段？而為什麼徐法醫會這麼突然在晚上請我來解剖，為什麼檢警都沒有到場，又為什麼徐法醫的態度會如此不尋常？

我震驚得啞口無言。理工科出身的我，現在被迫要接受事實上根本不可能的真相。

「小朱，撿起來。」徐法醫冷冷地說，「解剖可以輕鬆，但絕對不能放鬆。你要牢牢記住我跟你說過的話。」

冷冷地，他不帶任何情緒的專業。我卻已被止不住的淚水模糊了雙眼。

但我同樣身為一位法醫師，更身為徐法醫的學生，我還是從地上撿起了工具。這是老師最後一次帶著我解剖了。用他十餘年法醫生涯的精神，用他自己的肉體，一刀一塊地要我記下他所要傳授的每個知識與意念。

這件CASE解剖得很慢，我們像回到了第一堂的解剖課程，他緩緩地、不厭其煩地講解每個細節。

我仔細地聽、仔細地看，深怕錯過一絲一毫。但終於還是漸漸到了尾聲。我們檢視了「死者」體內的每一處，徐法醫要我下個結論。

「死因是，頭部遭受自小客車輾壓，當場死亡。」我緩緩地說，顯而易見，卻是個經過謹慎審視的結論。

但徐法醫卻輕輕嘆了口氣。

「你還記得第一次解剖時，我跟你說過的話嗎？」他問著，表情疲憊不堪。不解的我困惑地看著他。

「我說過，法醫師跟外科醫生最大的不同是什麼？」

「法醫師不用注意止血的問題……」我喃喃，猛然想起了什麼看著眼前的屍體。

裡頭的血液鮮紅如櫻桃。

「急性一氧化碳中毒？」我剛說出口就知道不是，連忙搖了搖頭，老師騎車在路上怎麼會突然一氧化碳中毒？

然後我立刻想到了另外一個可能。幾乎是同時，我就聞到了那股淡淡的氣味。老師很早就告訴我，法醫師解剖時不能戴口罩，否則會遺漏許多線索。我聞到了略帶苦澀的杏仁味。

氰化鉀中毒。

跟電影演的不太一樣，事實上，氰化鉀中毒並不會立刻暴斃死亡，但人如果攝入一百毫克左右的氰化鉀，會在一分鐘內喪失意識。而中毒者因為血液中含有氰化血紅蛋白，所以皮膚黏膜和血液會呈現鮮紅色，有如櫻桃般的鮮紅。不知為何，我突然想起師母每天都會幫老師準備冷泡茶的貼心習慣。如果老師騎車運動時也帶著師母準備的飲品，如果老師停在路邊歇息的空檔喝了一口冷泡茶，如果有心人士一路開著車尾隨在老師後頭，等待他意識不支自行車搖搖晃晃的瞬間再從後方撞擊？如果沒有這件解剖，那我想也就不會有那麼多如果了。我還在思考著，但徐法醫已經脫下了解剖衣，疲憊不堪地向我揮了揮手，逕自走出解剖室。

顧不得身上還滿是血汗，我連忙追了出去。但老師一瞬間就已消失在解剖室外的長廊。他累了。

我想老師是真的累了。當我回過神來，但仍然恍恍惚惚地走回解剖室時，眼前的景象卻讓我更加恍惚。明亮的解剖室裡，乾乾淨淨，沒有血汙，沒有工具，沒有屍體，沒有任何解剖過後的痕跡。

就連我身上的解剖衣也乾淨如新。我就像自己莫名地走進空無一物的解剖室，自顧自地換上解剖衣，然後不明所以地站在這裡，獨自一人站在這裡。茫然的我走到家屬等候室，開啟電視螢幕，試圖播放出剛剛解剖室內的畫面。

然後我摀住了嘴，才能克制自己不要發出聲音。

我看見壓扁頭顱的「他」，全身淌血，搖搖晃晃地走進解剖室，勉力地爬上

了解剖台躺著。

然後畫面一黑。

螢幕顯示今晚並未攝錄任何影像，我再怎麼嘗試都播放不出剛剛的片段。此時電話忽然銳利地響起。是地檢署的賴檢驗員，他告訴我徐法醫不幸在今晚出車禍身亡。我請他報告檢察官，這件請立刻送解剖。掛上電話，我待在空蕩安靜的殯儀館內失神。

外頭的雷雨下了一整夜。

幾個小時後的解剖室，相關檢警人員都到了。徐法醫躺在解剖台上，依然是慘不忍睹壓扁的頭顱血漿四溢。此情此景跟我幾個小時前經歷的狀況幾乎一樣，但最大的不同是，老師並沒有站在我的身旁指導。他永遠都不會在了，我只能自己拿起解剖刀。一旁的檢察官、檢驗員跟警察們跟徐法醫都是熟識，哀戚凝重的氣氛迴盪在解剖室中。

雖然是深夜時分，但外頭滿是等待解剖結果的媒體、維持秩序的員警，當然還有哭紅雙眼、面容憔悴的師母。我深吸了一口氣，連結今晚的一切與過往的師生情誼，心裡獲得了無上的寧靜。於是一刀鋒利地劃開徐法醫的身軀。

老師，您安息吧。

「在我們的刀下，沒有冤魂。」

只見櫻桃色的鮮紅從他體內緩緩滲了出來。

第十五罐 槍

地獄無懼，豈畏修羅？怨氣沖天的妖魔與來自地獄的勾魂使者，同做極惡之鬼，吞盡天下妖孽。

古剎晨鐘，少林寺。最末一進，千佛殿，三牆壁畫，五百羅漢朝毗盧。空見方丈位列首座，左右賓席冠蓋雲集，只見武當、崑崙、崆峒、雪山、青城、羅浮、峨嵋、終南等武林各大門派掌門均親自與會，但眾人卻無英雄大會論武天下的馳騁快意，反之是神情憂忡、沉默不語。

「與這等妖魔講什麼武林規矩？」脾氣火爆的崆峒派掌門孟漢強陡地拍桌起身喝道，「孟某不才，斗膽邀請在座英雄，一同上山把這妖魔給滅了！」

「孟老且請息怒，點蒼七俠殷鑑不遠啊！」武當派掌門近清真人長嘆了口氣。

「近清真人言之有理，點蒼七俠今日都還屍骨未寒。」終南掌門捋鬚附和道。

「點蒼當年傾一派之力雖功敗垂成，但如今吾等若傾九大門派上下之力，又待如何？」雪山掌門不以為然。

「但萬一不敵，武林豈非傾覆？」崑崙掌門面容嚴肅。眾人意見交鋒，爭執未下。

「諸位但聽老衲一言。」良久，空見方丈終於開口。偌大的千佛殿頓時寧靜，眾人仰盼著這位已執武林牛耳二十餘年的老方丈，如何拯救武林於水火。

「此禍已綿延十年，武林人心惶恐，終無寧日，是以老衲贊成集武林各大門派之力，共同了此妖孽，但務求畢其功於一役，該如何規畫、聚結乃至統御，皆非朝夕之功，眼下約戰之日已近，事關天下安危，吾人自不可躁進。」空見方丈緩緩說道，眾人點頭稱是。

「故今年便由老衲應戰，果若道消魔長，意味老衲塵緣已盡，但盼諸位能以一年為期，聚武林之最大力量降此妖孽。」空見方丈依舊是不疾不徐，已將生死置之度外。

「大師萬萬不可！」雪山掌門忙搖著手。

「是啊，整合武林各大門派此一大事，無大師不成啊！」崑崙掌門起身向空見方丈拱拳。

「大師，不如今年由孟某會他一會？」孟漢強急道。

「地獄不空，誓不成佛，眾生度盡，方證菩提。」空見方丈雙手合十，垂眉沉吟，顯見心意已決。

近清真人長嘆了口氣，他明白空見方丈既下決定就無轉圜餘地，但即便武功絕頂如空見方丈，依然抱持著捨身地獄的悲念與戰，今年戰後，只怕武林將痛失領袖。

扣扣。大殿木門突傳來扣門聲響，眾人心下一凜，伊等雖忙於議事，但何人竟能在武林群英面前無聲靠近不被發覺？

但見一中年漢子負劍步入。

「劍臣？」近清真人驚喜地喚了出來，他不敢相信自己的眼睛。

席間英雄也起了騷動，連空見方丈也不禁動容。

「蒲劍臣見過方丈、真人及各位英雄。」蒲劍臣抱拳向全場行禮，顧盼間，手采不減當年。蒲劍臣，武當派俗家弟子，前掌門長正真人譽為武當百年來第一劍，「仙劍」盛名享譽武林，生平未逢敵手，卻在三十五歲聲勢如日中天之時退隱江湖，一別十餘年，音訊全無，有道是蒲劍臣潛心道術，閉關修煉；亦有道是蒲劍臣遇得仙跡，造舟出海尋蓬萊之島，但誰也未料到他會在今日武林危急存亡之秋歸來，有如及時雨。

「劍臣請命，與鬼一決。」

空見方丈看著他身後的長劍，那確實是足以寄託武林希望的劍鋒。他頷首，淺淺露出久違的笑容。

槍乃百兵之王。南宋以降，楊家槍公認為武林第一名槍。

二十年前，楊允龍創「神槍門」，其弟楊成虎以楊家槍官拜御林禁衛軍總教頭，一雙兒子楊羽、楊飛均槍藝非凡，一門四傑以楊家三十六奇槍稱雄天下，人稱「四大槍」。爾後武林習槍者，莫不以楊家神槍門為宗，直至那把令人聞風喪膽的槍出現。年方二十三，名不經傳，使的一把大槍一丈零八寸，他在廣發各路的挑戰帖上署名高竟。短短一年，數十位成名英雄敗在那把大槍下，高竟的名字迅速在武林沸騰。而今日，他親至神槍門送戰帖。

「黃毛小兒，為何而來？」楊允龍懶坐在白虎椅上，睥睨眼前這位以旁門左道的槍法弄皺江湖一池春水的青年。

高竟指了指大廳正中的匾額，哂然不語。那塊聖上御賜神槍門的匾額，上頭龍飛鳳舞寫著「天下第一槍」五個金字。

「哼！」楊允龍登時變臉，極其不悅地鼻哼一聲，「何時一戰？」

「後日正午，華山絕嶽。」高竟拱手，不卑不亢。

「選日不如撞日，何不今日了結此事？」楊允龍咬牙，他感覺臉上有火燙的羞辱。

「高某後生晚輩，悉聽尊便。」高竟微笑。

楊允龍霍地起身，他那柄成名數十載的無敵金槍就在椅旁，他看著赤手空拳的高竟皺眉。

「你的槍呢？」

「擅帶兵器前來拜見，是大不敬。」高竟神色自若地聳肩，「但求楊掌門借府中大槍一用。」

「好！好！好……」面對這個不知天高地厚的小子，楊允龍怒極，忿忿指著兩旁架上掛滿的槍枝，「你且自取，我神槍門的大槍均是精鋼煉製，相信不致討了你的便宜。」

「楊掌門取笑了，天下第一槍本不在兵器好壞。」高竟隨手自架上取了一柄大槍。

楊允龍深吸口氣，以緩和體內的怒氣攻心。他從出道以來，從未受過這般的言詞羞辱。但他很清楚，三槍過後，這小子再也說不出這樣不識好歹的話了。大廳淨空，兩人持槍對峙。楊允龍微微屈膝，雙足穩如擎天支柱。

楊家槍基盤在兩足，身隨其足，臂隨其身，腕隨其臂，合而為一，周身成一整勁。只見楊允龍一槍剛猛無匹地朝高竟的頭臉刺出，力未用老忽一轉手腕，改以槍身橫劈高竟右臂，此槍虛實互掩，足以奪高竟手中之槍。但這劈卻落了空，只見高竟折腰，上身仰躺成水平，硬是閃過了楊允龍的劈擊。楊允龍此刻才發現高竟已改用右手單臂持槍。槍尖竟直取他執槍身後段的左手腕！他橫劈的力道未歇，活像是用手腕迎向高竟直刺的槍尖，此勢如不止，他的手筋恐斷，將終身無法再使槍。

金槍匡啷落地。楊允龍從未聽過金槍落地的聲音。

他終是選擇左手鬆槍，全力劈擊的情形下，單手握不住槍，只能任由金槍狼狽飛出。

僅僅一槍。高竟微笑收槍。

「楊掌門可有聽過『白馬銀槍』高思繼？」高竟不顧寒著一張臉難堪不已的楊允龍，逕自回答：「當年高將軍可是五代十國第一名槍，但數百年後世人卻只記得楊家槍，故我高竟今日即要向天下證明——」他還槍，卻是將手中長槍擲向大廳正中的匾牌，槍尖牢牢釘住中央金字，「天下第一槍」五字劇烈震動。

「高家槍，才是史上第一槍。」

高家槍大敗楊家槍，越五日。高竟收到一張大紅戰帖，其上附著一節槍頭。但見槍頭前端圓鈍平整，不似一般槍尖。

楊家絕學，「萬鈍」。後日正午，華山絕嶽。署名楊羽，楊允龍之子，楊家槍最新一代傳人。

高竟從父親口中聽過「萬鈍」之名，此槍號稱楊家最後一槍，須經千萬次破空擊式，使槍尖自然消鈍，方可練就，楊家槍代代相傳數百年，練得絕槍者卻屈指可數。

高竟撫著那節槍頭，竟隱約有些灼熱感。他忍不住愉快的笑容。

後日正午，華山絕嶽。高竟帶著一柄大槍前往赴會。楊羽倚槍長立，似已等候多時。高竟認得那把是楊允龍被他擊落的金槍。

「高家槍？」楊羽身形剽悍，約莫三十多歲年紀，他冷眼看著高竟。

「正是。」高竟微笑，「七十六戰未逢一敗，天下無敵高家槍。」

「好。」楊羽冷笑，「且看我楊家絕學尊駕是否看得上眼？」

「高某求之不得。」高竟臉上依舊是漫不經心、令人惱怒羞屈的微笑。引信已燃，大戰即發。

兩人持槍，定心槍尖。楊羽疾速一槍刺出，再一槍，又一槍，槍影如雨落，團團封住高竟全身上下。高竟或閃或擋，或避或架，似成守勢，但他其實正在等待，等待他所期盼的那式絕槍。

「**萬鈍**」。

高竟不禁睜大了眼。他沒有意料楊羽這招平凡無奇的直刺，竟是楊家最後一槍。毫無花式，大巧不工，單單純純地直刺。卻勢不可擋，速不可追。這槍出乎高竟的意料，讓他心中圖思的應變招式全都派不上用場。瞬間，他感覺身體一寒。

閃無可閃，避無可避。他手中的大槍脫手飛出。

在楊羽將折曲的左臂伸直，刺出雷霆絕槍之前，高竟的槍竟像飛竄的毒蛇，直挺挺地貫穿楊羽的左前乃至左後臂。

鮮血如箭。楊羽的「萬鈍」並未刺出，只怕他這輩子再也刺不出這般槍式了。

高竟反手抽回斜刺在地的大槍，仰天長嘆，這般結果並非他所樂見，但楊羽這槍實在太快太猛，逼得他完全沒有轉圜的餘地。

「楊家『萬鈍』，名不虛傳。」高竟讚嘆聲才稍落，後方卻傳來破空之聲。是槍，但顯然不是他眼前負傷跪地的楊羽所發。他下意識地閃避，不料閃避之處突然又出現一把槍。甚至在身側，又是一把槍同時襲來。電光石火間他看清楚自己被圍困的處境，以及這三把槍的主人。楊允龍、楊成虎、楊飛。天羅地網的突襲槍陣裡，他只剩一處可避。但他已經知道那裡有什麼在等他。

浴血楊羽奮力將金槍用右手單臂擲出。

「四大槍」，合攻！

高竟的雖已用上十成功力，卻仍然避不過楊羽這擊，肩上挨了一槍，鮮血綻放如花。

但也僅此一擊。高竟受此合攻突襲心下怒極，手中大槍毫不留情，雖中楊羽槍擊，但趁其他三槍突刺落空之際騰身而出，高家槍法快狠落花，一個回合就將三槍逼退數尺，幾難成守勢。貴為四十萬禁衛軍總教頭的楊成虎不禁心下駭然，他不過架了高竟兩槍，持槍的雙手虎口卻已經迸出鮮血。長槍險要把持不住的楊飛，也終於知道為何父親會一招落敗了，眼前這廝簡直就不是人。

非人哉。不再留情的高竟簡直殺紅了眼，各式槍法以詭譎無比、難以思議的角度、速度及力度刺出，楊家四大槍只能眼睜睜看著這場華麗殘酷的槍武展演，把自己手中的槍、心中的尊嚴都一一擊落。

全場只剩高竟一人持槍。長身挺立，宛若天神煥發。

「偷襲圍攻，以眾擊寡，好一個楊家四大槍！」他冷笑，明亮的槍尖傲然指著頹然敗喪的四大槍。但那槍尖卻陡地一陣搖晃。

高竟只覺得左肩的槍傷突然如大火焚燒般劇痛，全身不停冒出冷汗，心跳失速，牙關止不住顫動，眼前畫面一陣忽明忽暗。

金槍有毒。他的臉已成紫醬色，他想插槍勉力穩住身子，卻是雙腿一軟倒了下去。楊允龍滿是鮮血的手拾起地上的金槍，那把曾是天下第一的金槍，緩緩地步向高竟。

「你的高家槍確是天下第一，楊某認了。」楊允龍森寒著臉，面容看不出任何表情，冰冷的像塊花崗岩。直至現在，他仍然無法置信自己必須在驕傲的金槍餵上骯髒的劇毒。時也，命也，運也。

他深深喟嘆了一口氣。

「**只可惜今日之後，天下再無高家槍**。」槍落，從高竟的咽喉刺進生死分界。躺臥在地的高竟最後只看見血色滿天，落英繽紛。

楊羽一槍痛雪父辱、重振楊家槍威名的消息沒多久就在武林盛傳開來。而他擊敗高竟的楊家絕學「萬鈍」，更是被描述地出神入化，有人道此招一出，如千軍萬馬，所向披靡，嚇得高竟六神無主；也有人道此招因殺性太強，出槍必見血，所以楊家人非到最後關頭絕不輕使，今次高竟可謂雖敗猶榮，得以自身性命換取親眼目睹楊家槍數百年的曠世絕藝。

以俠義仁德著名的楊家神槍門，雖向高竟報了侵門刺牌之仇，但楊羽仍尊敬高竟高超的槍法，稱他為畢生最可敬的對手，以隆禮厚葬高竟，甚至將楊允龍傳予他的金槍也一併入棺陪葬。

「知音易尋，敵手難覓，高兄，咱們來世再戰。」楊羽將一坏黃土散上高竟的木棺，像永遠覆蓋著那些不可告人的祕密。

楊羽沒有想到，他將金槍為高竟陪葬的消息一傳開來，竟成為盜匪覬覦的目標。高竟死後七日，深夜，兩名身著黑衣的盜墓賊手持火炬，躡手躡腳地侵入高竟的墓園。當中身材較為高大的盜墓賊一個翻越登上墓丘，只見墓丘上已被挖掘一個大洞，他皺眉，怕是同行已經捷足先登。

「爺可不管，照將他的棺木挖出來瞧瞧。」另一名盜墓賊直嚷道，他可不想這一趟辛苦跋涉卻空手而回。於是他倆合力挖掘墓土，打算將棺材抬出看個仔細，但沒多久他們就停住了。只見該被鐵釘封死的棺材板上破了一個大洞，裡頭空空如也，不只沒有金槍，也不見高竟的屍骨！如此情況，盜墓多年的他們都很清楚，這絕不會是同行幹的。

「**屍變了！**」

他倆失聲尖叫，顧不得腳旁器具都還沒拿，沒命地在深夜密林中奔跑，慘澹的月光照得他們心惶惶。

遙遠的幾聲犬嚎掠過。

楊羽今夜喝多了。城裡最大的定遠鏢局楚總鏢頭今夜在府中設宴，齊聚各路英雄，楊羽身為神槍門新一代的傳人，痛雪父辱的美名盛傳江湖，楚總鏢頭待之為上賓，不僅位列首席，更極盡吹捧能事，甚至將府中珍藏十八年的美酒大方開甕，眾人暢飲好不痛快。待他腳步踉蹌走回神槍門時已屆子夜，府裡一片寧靜。他連扣了幾次門，家僕卻都無人來應門，惱怒的他一腳踹開了大門。裡頭沒有一絲燈火，只有恍暗的月色映照。

卻將地獄的模樣照得清清楚楚。血流如河，屍橫遍野。

屠門。

不分男女老幼，少壯婦孺，神槍門上下一百零七口，無一倖免。

每個人身上的傷口都只有一處，就在不斷溢血的咽喉。楊羽慘叫，淒厲得彷彿要撕裂自己的面孔。滿室陰暗的血腥，他彷佛看見一個熟悉的身影緩緩靠近，帶著一把金槍。

神槍門覆滅，楊羽也瘋了。待有人發現披頭散髮，渾身血汙的他時，他只會重複喃喃著一段話，一段整整殘害武林十年的恐怖讖言——「**華山嶽，逢子夜，七月七，逐年決，失此信，天下劫**。」

最初並沒有人把這段話當回事，只道楊羽遭此家門慘案，神智不清，胡言亂語。但當年的七月七日一過，災難丕生。先是黃河氾濫成災，百萬災民流離失所；中原一帶突生百年未見的大瘟疫，奪走數十萬人性命；甚至由北至南，各地陸續發生屠村慘案，死狀一樣都是見血封喉，天災人禍，世間大亂，人心惶惶。遇此劫難，縱皇上親至天壇祭神也無濟於事，而武林中人此刻都記起了楊羽的那段瘋話。

於是隔年的七月七日，子夜，華山派掌門岳正坤獨上華山絕頂。翌日，華山派弟子在山谷尋獲掌門的屍身，同是一槍刺喉奪命。而當年天下災難終於止歇，武林中人至此方瞭解，是高竟的鬼魂索命來了。他滅了神槍門卻依然怨氣未消，每年還要殺害天下英雄，年復一年，前往華山的英雄都是有去無回。

三年前，以點蒼派掌門為首的點蒼七俠，為免高竟再危害武林，不顧江湖單挑規矩，七人一同上山誅魔，卻依然只剩下冰冷屍身。此後再也無人敢去應戰，武林領袖少林寺於焉召開英雄大會，聚各大門派掌門，欲解此難。但英雄大會連開三年，除了賠上衡山劍派掌門、丐幫幫主的性命外，眾英雄依然一事無成。

直至蒲劍臣的出現。

七月六日，大戰前日。夕陽西下，華山山腳左近的食肆老闆看著店裡最後一桌的客人尋思，要在天黑前打烊，趕緊離開到城裡親戚家避一避，免得遭深夜華山決戰的池魚之殃。這時一名壯漢低頭走了進來。低頭，實是因為他的身材過於高大，如不低頭會撞上較為低矮的門框。他約莫四十來歲年紀，高壯身材渾身肌肉，這等天將身材行走江湖的人難免都會多看他一眼，何況他還拿著一把用油布包覆的奇怪物事。那物事足長一丈有餘，粗徑如碗口，握在手中像是握著一根牆柱。

「大爺請坐，要不要來幾斤本店招牌的熟牛肉？」老闆趨前陪笑。

「我不吃牛肉。」壯漢冷冷地瞪了他一眼，逕自找了座位坐下，身後那物事立著穩固如柱。

「白酒十斤，大餅三十張。」他咧嘴點菜。

「今夜我看高竟那妖魔氣數已盡，天下終要太平了。」隔壁桌對飲兩人中的胖子拍手說道。

「陳兄這話可別說太早，去年丐幫幫主親自出馬時，可不也豪言要了此妖孽，到頭來還是不幸橫死啊！」瘦子飲了一口酒，依舊滿臉憂容。

只見壯漢安靜地吃著他桌上堆疊如山、熱騰騰的大餅，老闆看他這等驚人食量不禁出了神。

「柯兄有所不知，論江湖閱歷我陳永峰到底還是高了些，這蒲劍臣何許人也？當初他退隱前可號稱武當百年第一劍，才三十來歲年紀就已經是天下第一人，之後歸隱十餘年期間，相傳他已將劍法練至化境，能虛空御劍，千里斬首，高竟不過區區妖魔，如何能抵擋得了劍仙？」胖子說得口沫橫飛，信心滿滿，「有道是，仙劍既出，誰與爭鋒？今夜過後，天下就太平了！」

「這麼厲害，那陳兄不如今夜上山觀戰，見證武林歷史？不過要當心，聽說這十年來觀戰之人，無一能活著下山。」瘦子依然是懷疑神色，故意諷道。

「柯兄此言甚是！」胖子大拍桌子霍地起身，豪氣干雲，「我陳永峰今夜就上山瞧他一瞧，看這高竟究竟生得是圓是扁，待明日……唉呦！我的肚子！」他說到一半，突然曲身抱著肥厚的肚皮，猙獰表情痛苦不堪。

「陳兄你還好吧？」瘦子連忙上前關心。

「兀那老闆！一定是你們店的牛肉不新鮮……唉呦！肚子好痛……」胖子鬼吼著，抱住肚子往外衝去。

「陳兄你慢點，當心摔著啊！」瘦子在桌上留下一錠銀兩，也倉促地跟了出去。

老闆看著他倆一瘦一胖上演的這場鬧劇，只能搖頭苦笑。壯漢依舊安靜地吞食桌上的大餅，一口一口緩慢地咀嚼，像要汲取當中所有的營養似的。

時近子夜，華山絕頂渺無人跡。蒲劍臣帶著一柄長劍獨自上山，一柄很輕很薄，鋒口銳利的劍。上頭已經有人在等著他。不是高竟，是一名身持奇怪物事的高大壯漢，那物事包覆油布、矗立如柱。

「尊駕觀戰，生死自負。」蒲劍臣向他稍拱了拱手，淡淡說道。壯漢卻沒有搭理他，如炬雙目只注視著月光不及的深山幽暗處。他來了。

高竟拿著一把金槍緩緩走近，月光下他依舊是二十來歲的年輕面容，卻是毫無生氣的慘白膚色，相較之下，咽喉上的那洞黑色窟窿更為顯眼。

「高家槍下亡魂，且報姓名。」高竟開口，陰陽不定的高低音調聽來令人發毛。

「哈哈哈！」蒲劍臣朗聲清笑，「尊駕怎知蒲劍臣此番正是為超渡亡魂而來？」

「請。」高竟不再多話，唇舌之爭對他毫無意義。

仙劍一動。高竟的臉上劃過一道亮光。

然後幢幢劍影排山倒海而來，非實非幻。高竟面上雖無表情，但心下卻是大為振奮。不論生前死後，他從未遇過這般對手。他竟無法判斷蒲劍臣劍招的虛實，只能以幾招槍式格擋試探，他終於嘗到高手對決、生死懸於一線的刺激感，實在是久違了。

槍劍轉瞬已上百交鋒，空中迸出無數光火。蒲劍臣也從未遇過這種對手，畢竟他自出道以來就未逢敵手。仙劍淋漓，高家槍快意。兵器間鏗鏘叮噹像在鳴奏曼妙的樂曲，兩人疾飛的身影恰似其中躍動的音符。一人一鬼，武林史上僅見的激戰，壯漢在旁觀看，依舊面無表情。數百個回合下來，依舊難分軒輊。蒲劍臣不認為自己會敗，但也想不到取勝的方法。槍劍彷若圍城，他已坐困其中。又是一劍刺出，他已料到高竟會側身閃過，低身一槍將斜刺攻他面門。

但情勢卻瞬即出乎他意料。

高竟的左手竟鬆槍，改以右手單臂持槍。然後他手中的長劍竟整個刺進了高竟的左臂內。並未濺灑鮮血，死人本就不該有鮮血。高竟右手中的金槍光閃，直刺向蒲劍臣已近身的胸口。高竟以臂換劍，蒲劍臣無劍可擋。他闔上眼，他想起多少位英雄豪傑在華山最後的宿命。匡啷一聲，死亡在蒲劍臣面前來了又去。

是壯漢出的手，那項物事原來是一把奇特大槍。相較一般大槍，這把奇槍足長一丈二尺九寸，徑如碗寬，使來如持鋼筋牆柱對戰。高竟被這一擋也不惱怒，只覺好奇，此漢旁觀伊與蒲劍臣戰後，竟仍敢奮勇與戰。高竟一邊尋思，一邊將刺進左臂的長劍抽出，動轉了動左臂，恍若無事發生般。

「來者報名。」高竟敬他的英雄氣魄，不現喜怒地問道。

「項某薄名，不足掛齒。」壯漢表情同是不見喜怒，只見他舉槍又是再戰。雙槍對決，金火閃耀空山。

高竟很想笑，如果他能笑的話。比起旗鼓相當的蒲劍臣，此漢的功力竟是比他們都要高出一班，何況他還是使槍的！

他憶起了遙遠的天下第一槍。於是他忘了短短年餘的快意江湖，忘了與神槍門的血海恩怨，忘了倒在他槍下的英雄好漢，忘了他已不再跳動的心臟。他只記得最初習槍時，滿腔的壯志熱血。

「高家槍才是天下第一！」他吼道。

但他這發畢其全力的一槍卻刺了空。代價是他被一槍貫穿的左胸膛。

「好槍法。」高竟猙獰，「可惜死過的人是不會再死的！」壯漢看見高竟金槍的奪命槍尖已在眼前。刺入，血花如注。

壯漢面門扎扎實實地挨了這槍。勝負已分。

高竟想嘆息，如果他能的話。若是生前，他絕非壯漢的對手。終究是人外有人，天外有天。然後一瞬間高竟不知道眼前發生了什麼事。

只見臉上一個浴血窟窿、早該倒地的壯漢改以單手持槍，一記橫劈朝他襲來。一記猛霸無匹的橫劈，金槍竟應聲斷成兩截。然後一記直刺，巨槍硬是從高竟胸口貫入，高竟感覺自己騰飛了起來。霸極，迅極，猛極。

高竟從未見過，甚至從未想像過有人能這般使槍。直挺挺地，高竟被那把巨大奇槍給釘在山岩上，動彈不得。他想起了當年他飛槍直釘的金字匾額。

「項某薄名不足掛齒，但此槍名為『霸王』。」

山壁上不死不活的高竟睜大了眼，一旁的蒲劍臣也悚然動容。他們都想起了一位古老的悲壯王者，以及關於他使槍，「單手十八挑」的傳說。但更讓他們震驚的，壯漢竟然扯下了滿臉是血的面皮，露出一張灰黑粗硬的、難以置信的面孔。

那是個雙眼血紅的牛頭。

壯漢剎那成為一頭牛面人身的妖獸。

「高竟，你的槍法不俗，可惜妄造殺業，罪孽深重，將永世在無間地獄，不得超生。」牛頭竟口吐人語，看得蒲劍臣瞠目結舌。

「哼！」高竟冷笑，「高某自冤死時起，早已深陷地獄。」

「既已入地獄而不得出，何不持槍與我同行修羅道，做極惡之鬼，吞盡天下妖孽？」牛頭豪笑，大手一揚，壁上巨槍倒飛而出，歸回其手。高竟落地，望著眼前這頭不可思議的牛面妖獸，他緩緩拾起地上斷掉的半截金槍。

「**地獄無懼，豈畏修羅？**」

「好一個豈畏修羅，便隨我去見閻王吧！」牛頭豪爽大笑，只見他大手一揮，他與高竟身上亮起了點點光芒，在黑夜光影交疊之下，兩道身影漸漸模糊，淡淡地隱入亮光之中。倏忽片刻，華山絕頂又歸於寂靜，沒有持槍瘋狂的惡鬼，沒有猛霸的牛頭妖獸，明月照風林，彷彿什麼事都未曾發生過。

蒲劍臣恍惚看著地上的長劍失神。

嗣後。

十年來唯一一生還步下華山的蒲劍臣，將隨身長劍卸下留予近清真人，只淡淡說了句：「惡鬼天除。」懶洋洋伸個腰，畢生都未再涉足江湖。他回到熟悉的山林小屋，當著窗前晨光，展開那卷行筆過半的著作手稿。

筆墨在案，提筆的他憶起那夜華山的光景。但見篇名〈鬼差〉，首段行筆書下：《愣嚴經》有言：「牛頭獄卒、馬頭羅剎，手持槍矛，驅入城內，向無間獄。」

據史載，清光緒二十年，《聊齋誌異》下半部遺滅，後世遍尋未著。

第十六罐　催眠

在情人眼中，愛情有時如天使，愛情有時也如魔鬼。

一、如果不愛了

我是李璇，我的人生繞著劉書宇而旋轉。

遇見他是在虛擬的網路世界，在那裡沒有容貌、沒有聲調，只有依憑黑白文字拼寫出一個人的可能態樣，自由自在，充滿想像。

「嘿，那是鳶尾嗎？」

他從網站上傳了一則短訊給我，在十二點多的深夜。

我想是關於我的帳號「Iris」，在希臘文意指「彩虹」，希臘人藉此比喻鳶尾花的豐富花色，而我相當喜歡浪漫的鳶尾花。

於是我們聊了很多，從海天藍白建築的希臘是我最嚮往的國度，一直聊到了原來我們就讀同一所大學，他是大我一屆的學長，台北的校園不大，但我們卻未曾擦肩而過，人與人間的緣分著實奇妙，又聊到他在詩板上看過我寫的幾首新詩覺得很棒，查了一下發現我在線上，決定鼓起勇氣傳短訊給我。

不知道為什麼，看到他傳來的這段文字，我的臉紅咚咚的，心跳跟著快了幾拍。我們聊到忘了時間，雖然很晚了，但隔天是假日，所以聊天的最後，我們約在淡水見面。

一直要到我闔上筆電，看著惺忪的時鐘指著凌晨三點多，我才發現這一切是

多麼地瘋狂。對於他，除了網路帳號以外我根本就一無所知，雖然剛剛幾個小時的聊天下來我們彷彿成為一見如故的朋友，但也僅止於虛擬的網路上，我無法具體地設想出一位大男孩和我聊希臘、聊人與人、聊詩的情景，但它馬上就要在幾個小時後發生。那晚我失眠了，斷斷續續作了幾個奇怪的夢，但那些夢再荒誕不經，都比不上真實人生的戲劇化。

初夏，午後的淡水，河畔發亮的流動。穿著格子襯衫牛仔褲的瘦高男孩向我大力揮手。看著我有些詫異的表情，他燦爛地笑了。堆滿陽光的笑容，是我對他最熟悉的標記。他說他叫劉書宇，我牢牢地記下他的名字。我們逛著老街，對攤販美食卻都漫不經心，只留心在彼此的言談與呼吸，是不是因為某些話題、某些敏感的字句而急促，又或者時不時會注意到兩人漸漸靠近，只剩下一個牽手的距離。

黃昏，我坐上他的機車，雖然雙手沒有環抱他的腰，但後座的我輕輕地靠著他的背，聽風在耳旁呼嘯的聲音。我們離開淡水，到一家半山腰的簡餐店共進晚餐，整天下來我們依然聊了很多，從虛擬到現實，我很慶幸彼此都有著相符的頻率。

餐後，他帶我上山去看夜景，那是座不知名的小山，但也一同分享著這城市最璀璨奢華的夜景，點點晶瑩，閃爍光亮，讓我心頭湧上了許多靈感，美好的當下我毫不遮掩地向他吐露心裡的許多想法，關於時間，關於存在，關於哲學與文學，關於那些我們日常生活不會觸及但它們卻時刻存在的抽象，這些都是我從未向人提起的祕密，夜色之下，我讓它們像星語潺潺傾瀉。他看著我，專注地看著我。

「你懂嗎?你瞭解我的意思嗎?」天馬行空、拉拉雜雜地講了一堆後，我停下來，試探性地問他。

他卻搖了搖頭。

「妳好美。」他吻了我，突然地、毫無防備地，令我措手不及。

我沒有想過抵擋或拒絕，只閉上了眼仔細思索，從唇緩慢傳遞的溫柔與蜜甜。這是最好的時機，我想——那年我十九歲，這是我所僅有，最珍貴的初吻。那是我們認識的第一天，也是我們交往的第一天。到今天為止，正好滿五百天。

一台機車，兩個人，我們的足跡到過許多地方，擁有的是比相片打卡更多的快樂回憶；他也願意每個週間挑個悠閒晚上陪我到咖啡廳，喝著同樣不加糖的熱拿鐵，欣賞桌子對面我這位假文青女友閱讀的姿態；他願意包容我的任性，難免爭吵時，總是會溫柔體貼地先舉起雙手，在情侶間沒有意義可言的紛爭中投降。所以我總是以為，我們還會有許許多多的五百天。

但我今天下午看見了吳欣卉。

她跟我同屆，高䠷亮麗的外形讓她理所當然地成為校園的風雲人物，但她像一朵冷傲的玫瑰，雖然招引了許多起舞的蜂蝶，身上披覆的尖刺卻不讓人親近。

而她此刻，卻肩並著肩，跟劉書宇走在一起。一樣是掌握著彼此的呼吸，一樣是只間隔牽手的距離，在鄰近學校的公園裡，路過的我恰巧看見那樣熟悉的背影，只是站在他穩重肩膀旁的女生不是我，與他言笑晏晏、眼睛瞇成彎彎的也不是我。我的心跳得很快，我記得他告訴我，今天他要跟高中同學要到阿猴家聚聚，還煞有其事地拜託我跟我請假一天，但他此刻卻和吳欣卉在公園散步？我被欺騙了嗎？

我手機撥出，想要找尋答案。

「喂？」他的聲音聽起來很正常，但側身藏在樹後的我卻發現他不自然的神情。

「你還在阿猴家嗎？」我提問，暗自禱祝他能對我誠實。

「對啊，我們才剛要開始。」他說謊了。

「喔，沒事啦，只是想說有點想你。」我紅了眼。

「傻瓜，我會早點回去的，在家乖乖等我喔。」

「嗯，掰掰。」我被淚水刺紅的雙眼，看著他們的背影繼續前行，掛上電話，她轉頭詢問他，他只是聳聳肩，給了她一個陽光燦爛的笑容。我好想你，我以為那是只屬於我的笑容。後來我還是乖乖回家了，看到家中熟悉的，我們一起挑選的傢俱擺設，看到他送我的那隻絨毛熊娃娃，看到我們忙了一個週末下午親手貼上整屋的壁貼，看到掛在陽台上微風弄得叮噹作響的風鈴，這些都曾經是我深深沉溺的夢，你明明知道我不諳水性，為什麼要我醒來呢？

我掙扎，雙手像瀕臨溺斃似的揮舞，又像要揮去在腦中盤旋不去的回憶情景。然後翻箱倒櫃的我找到他藏在書桌桌墊下的幾紙書信。署名都只有一個字：「卉」。她說她不習慣冰冷的網路通訊，她說她喜歡用手書寫在紙上的感覺，她說這樣能夠貼切而深刻地表露自己的情感。她說她喜歡他，雖然他已經有我了，但她依然無法自拔地愛上他。

我的腦中轟隆隆的，扼斷了所有思考。我想要撕毀手中噁心的書信，我想要翻亂打碎家中虛偽的陳設，我想要徹底破壞過去的謊言。但我沒有，我只是將信摺好，收進桌墊，然後開始仔細地整理家中環境，我擦拭桌面與地板，我收納雜物衣服，我將棉被摺好，我為窗口的盆栽澆水。忙到天黑了，你就快要回來了。

我看了最後一眼整潔安靜的家中，關上燈，闔上門，像切斷所有的連繫。我走著樓梯，走向頂樓。我已經換上一套淡黃色的小洋裝，淡淡的妝是你最喜歡的打扮，我站在樓頂的矮牆邊，下頭是十三層樓高的城市光景。我想起那天你帶我到不知名的小山上，送給我最動人的夜景，而現在，你是不是跟吳欣卉一起看著，和我眼前一樣幻美的夜景？

也許你也吻上了她的唇吧，那片不知道讓學校多少男生魂牽夢縈的唇。我輕撫著自己的唇，像觸摸著你在上頭留下的謊話。我不會留給你什麼東西，當你回到我剛剛整理好的整潔家中，就像我不曾離開，也像我不曾存在過一般。

我踏上矮牆，迎向這城市最自由的風。

劉書宇，再見。

縱身跳下，我感覺風在耳旁呼嘯，只是已經沒有他的背能讓我依靠。我們會再見的。

我在她的那些信的最後留下——我想要去希臘，雖然我只能是一朵巴西鳶尾。

巴西鳶尾，朝生夕死一日花。我要在最盛開的時候凋謝，我要你知道，我能為你做到的，她辦不到。於是我跌落，粉碎。

用最美的姿態。

二、像是遺忘般初生

李璇死後第五天，劉書宇身心俱疲地回到家中。也許是太累了，他連鑰匙都拿不穩，歪歪斜斜地對不準孔，花了好些時間終於轉開了門。

他看了眼門鎖，有種說不出的奇怪感覺。然後他走進，開了燈。

「啊！」他驚叫出聲，無法置信眼前的景象。是李璇，已經過世的她正在整理家中環境。

「璇，妳怎麼……」他的眼淚已熱騰騰地自兩旁滑下，震驚無比的他一時間難以言語。他就像泥塑的雕像，佇在那看著不發一語的李璇，若無其事地掃地拖地。

「璇，妳能聽我說嗎？」良久，他終於嘶啞出聲。李璇卻置若罔聞地繼續整理，連瞧也沒瞧他一眼。

「我——」啪啪！

他才要開口，兩下掌聲卻突然打斷了他，連帶打斷了他眼中的所有景像。李璇消失了，取而代之的，是一名坐在沙發上的男子，只見俊挺的他穿著合身剪裁的休閒襯衫，他沉默看著劉書宇驚訝的神情。

「Ace？」劉書宇並不認識他，但卻知道他的名字。

因為Ace是台灣……應該說是亞洲最知名的催眠師，應邀參加過世界各國大大小小的公開演出，也曾經在全美直播的節目大秀催眠術而名噪一時。

「你剛剛開門時，是不是覺得比平常還要費時？」Ace聳聳肩，不等他回答就繼續說道，「那是暗示，我在你家的門鎖下了暗示，當你試圖打開它時，也就是催眠的開始。」

「所以……我剛剛會看到李璇，是因為你對我催眠讓我產生幻覺嗎？」劉書宇困惑，而最讓他困惑的其實是Ace催眠他的用意為何？

「你要說是幻覺也可以，雖然我比較喜歡用人心裡的鏡子來形容，催眠不過就是倒映出你心裡的想像。」Ace解釋著。劉書宇卻發現他並沒有電視上看起來那般自信的神采奕奕，取而代之的是一種抒解不開的沉重嚴肅。

「我知道你疑惑我找上你的用意，但就像你剛剛所看見的，你過世的女朋友李璇，她要回來找你了。」他說著，屋內溫度似乎陡地下降了幾度。「你可以不用問我為什麼會知道，但重要的是，後天，也就是她頭七的晚上，她會回來找你……」他略頓了頓，「復仇。」

劉書宇無語，臉上有著難以解讀的複雜神色。

「不管你們的過去如何，我都不希望再看到不幸發生，所以我是來幫助你們的。」Ace嘆了口氣，「鬼魂的意識是跟在世的人相連，而我的催眠，可以幫你們切斷這個連繫。」他指了指掛在陽台的叮噹風鈴，「用風鈴當暗示，透過我的雙向催眠，能夠讓你們完全失去對彼此的記憶。」

劉書宇看著Ace的雙眼，卻看不清裡頭那些更深沉的事物。

「沒有過去，沒有愛情，沒有仇恨，什麼都沒有，讓你們回到素昧平生的最初。」

Ace把話說完，換他看著劉書宇。一樣也是看不清裡頭那些更深沉的事物。

兩天後，李璇的頭七夜。

靈堂設在李璇台南的老家，Ace坐在劉書宇台北租屋的客廳沙發，劉書宇則在他面前來回踱步。窗戶沒有關，夏夜的晚風徐徐；電視沒有開，客廳只迴旋著沉默。劉書宇摸了摸口袋想要掏菸，才發現幾個月前他早已為了李璇戒了菸。客廳大燈忽然一滅。

又閃。

「啊！」劉書宇驚呼，狼狽地跌坐在地。他看見李璇就在門口，緩緩地向他靠近。**她雙腿曲折癱伏在地上，上身的骨骼也支離破碎，整副身軀像是不規則的球形，柔軟地不斷湧泌出紅黃色的鮮血與體液，原本姣好的面容僅存移位扭曲的五官，她低聲哀嚎像某種獸類**，吃力地混著血汙爬向劉書宇。

劉書宇睜大雙眼瞪著她，淚水從擴張的眼眶不斷溢出，而無法抵禦的恐懼也緊縮他皮膚每一個毛細孔，全身都起了不寒而慄的驚悚。他沒去殯儀館看她最後一眼覆蓋在白布下的遺容，而她現在正血淋淋地展現在他面前。李璇越爬越近，四肢無力的劉書宇只能困坐在原地，看著此生最恐懼的殘酷畫面不斷放大，放大，再放大。

然後風來了，陽台的風鈴叮噹作響。每個人都聽見這串清脆的鈴聲，搖晃得似乎比平常要再更久一些。風走了，鈴鐺終於靜止下來。客廳裡只剩下劉書宇，他失神地緩緩站起身子。

他環視獨處的屋內四周，抓了抓後腦杓，總感覺像遺落了什麼東西，說不上來，但它卻永遠都不會回來了。

三、那你將書寫新的故事

劉書宇走在忠孝東路上，入夜後車水馬龍的霓虹輝爍，是他每天回家都會看到的景色。上課下課、社團打球、電影聚餐，大學生活雖然就要邁入尾聲，但這樣日復一日的ROUTINE卻讓他有種前途茫茫的無助感，生活的節奏太快，偶爾停下腳步才會發現，自在無拘的生活往往只會換來漫無目的的未來。他停下腳步，卻不是為了那些深入的思考，而是為了一眼的瞬間。身心健康正常的男大學生多少都有這樣的經驗，走在熙來攘往的街頭，也許是一雙白皙美腿，也許是長髮飄逸下的清秀臉蛋，也許是錯身而過的窈窕體態，總是能讓你停下腳步多瞄了她一眼，那最美而動心的瞬間。但經驗也往往告訴我們，有不小的機率，當你再仔細觀察之後，那最美的瞬間卻已經消逝無蹤。

但她不是，時間彷彿因為她的亮麗動人而靜止，就停留在這個瞬間。穿梭的行人都成為黯淡的背景，劉書宇看著她像聚光燈下的舞者，獨自一人站在人行道旁。她像在等人，又像是被等待的人，她就靜靜地看著擦肩而過的人群。

「嘿，妳在等人嗎？」在旁觀察她快五分鐘後，劉書宇決定鼓起勇氣向她搭訕，他很清楚，有些機會往往是稍縱即逝。她的表情有些驚訝，呆呆地看了劉書宇幾秒才說話。

「你看得到我？」這奇怪的回應讓劉書宇聽得一頭霧水，但他很快地就做出更奇怪的回應，「當然囉，妳那麼正，我怎麼會看不到？」連劉書宇自己都覺得奇怪，這樣輕佻的回應根本不像是平常的他，他臉上雖然火辣辣的，但他還是說了。不知道為什麼，他的第六感告訴他，絕對不能錯過她。她噗哧地笑了，開心得像天使一樣。

她說，她叫作小希，希望的希。莫名其妙的開場後，劉書宇跟小希在忠孝東路的人行道並肩散起步來。不知道誰起的頭，他們開始分享彼此，她說她喜歡文學，喜歡閱讀，喜歡咖啡，喜歡那些抽象而美好的事物，她說了很多，卻始終沒有提及她今天是不是在等人。他大部分時間都靜靜聽著，偶爾會做些輕鬆詼諧的回應，逗得她忍不住笑，他們的散步沒有終點，就這樣緩慢地徜徉在台北街頭。然後他突然像想起什麼事般，打斷了她的話，希望她等他五分鐘，只見他飛也似的跑步離去。

而他滿頭大汗地回來時出乎她的意料，他手上多了兩杯咖啡。

「跟妳這樣的文青女孩聊天怎麼可以沒有咖啡，喏，我猜妳愛喝拿鐵不加糖。」他將右手的咖啡遞給她，但她卻沒有伸出手。她只是看著他，用水亮的雙眼看著他。

「怎麼了嗎？」劉書宇困惑。她依舊沉默，但劉書宇看得出有複雜的情緒在她眼裡打轉。

「我不能拿你的咖啡。」良久，她終於開口。

「厚，沒關係啦，這又沒多少錢，下次再換妳……」劉書宇的話被她打斷。

「因為我已經死了。」

劉書宇呆了，愣愣看著她的手觸碰他手中的咖啡，像電影演得一般穿透杯身，彷彿兩個不同世界的存在。

「這、這……」劉書宇震驚得無法組織起一句完整的話。

「沒關係，今天晚上我很開心。」她淡淡說著，嘴角卻掩不住落寞。她轉身，劉書宇只能呆呆看著她的身影剎那消失在人群之中，就像未曾出現過一般。

劉書宇失眠了，輾轉思索地始終忘不了今天晚上的邂逅，一個偶然的起頭，卻是無比驚奇的結尾，他茫然看著天花板，心中卻漸漸下了決定。

翌日晚上，劉書宇一樣走在熟悉的忠孝東路上，跟平常的漫不經心不同，四處張望的他努力找尋著一個期待身影。

然後他笑了，他知道命運會在那裡等他。她也一樣。

「嘿，妳在等人嗎?」她回頭，展開跟他一樣燦爛的笑容。

之後的每天晚上，劉書宇都會陪著她，慢慢走著這條似乎永遠走不完的忠孝東路。他聆聽，或者附和討論，又或者只是微笑看著她的亮麗側臉，像入夜後這座城市最美好的景致。慢慢地，劉書宇越來越瞭解小希的一切，關於她本來跟他一樣都是大學生，跟朋友聚餐後在忠孝東路上被酒駕汽車從後方撞擊，意外身亡的鬼魂會被束縛在事故發生地點，徘徊不去地等待下一次不幸的意外。

等待，或者去陷害。

不論自然發生或者她去刻意「製造」，只有發生下一個不幸，她才能離開這條忠孝東路，才能夠去投胎，如果沒有在四十九天之內找到下一位意外身亡的鬼魂的話，她將永遠消失，乾乾淨淨，徹底地被抹去。他沉默了很久，他忘不了她述說這段緣由時，那麼淡然的微笑。

「打從意外發生那時，我就不屬於這個世界了，神還讓我能再多眷戀四十九天，我已經相當感謝與知足。」她撩撥一些被風吹亂的髮絲。「謝謝祂，讓我在最後的時光遇見你。」她附著他的耳，輕聲地說，「就讓不幸到我這裡終止吧。」他感覺不到耳旁她的氣息，但他卻似乎能體會她在他臉頰上，輕輕留下的吻。

她是下定決心，不會去「抓交替」的，她只企盼劉書宇能陪她走完最後這幾天、最後的這段路。他們後來有好一陣子不去談論這件事，他們不去計算時間的流逝，不去關心盡頭是不是就在不遠處，小希只知道，劉書宇會每天都陪伴她到黎明破曉，直到微微的天光揮去她的身影。

但劉書宇心裡卻很清楚，明天晚上就是最後一天了。今晚的劉書宇話不多，更多的時候，他只是一直盯著小希看。

「怎麼了，我的臉上有東西嗎？」小希笑了，今晚的她依舊是心情不錯。劉書宇搖了搖頭，但對她的依戀卻全寫在臉上。

「妳不覺得我們很有緣分嗎？」劉書宇突然問道。

「對啊，忠孝東路上每天晚上這麼多人，卻只有你能看見我，當然很有緣啊。」小希微笑點頭。

「嗯嗯，所以我們一定會再見面的。」劉書宇說著，他停下了腳步，不再往前。不明所以的小希疑惑地與他對望。

「小希，如果可以的話，請妳記得我愛妳。」只見劉書宇轉頭，毫不遲疑地往車輛疾駛的馬路衝去。一台來不及反應的白色轎車直接撞上了他，劉書宇被撞飛了幾公尺，他感覺到肌肉與血液的拉扯，感覺到骨骼的碎裂與疼痛的爆炸，他只剩下困難殘喘的呼吸，但每一口卻都像生刺的疼痛難耐。他重重倒地，濡浸在自己的血泊之中，生命正一點一滴地抽離。他睜大眼睛，希望能再看一眼她的身影。小希在他血色模糊的視線中慢慢地走近，依舊是清純亮麗的容顏，卻有著他陌生的冷酷神情。

「嗚……呃……」他有疑問，卻無法發聲。

「劉書宇，你還記得我嗎？」小希冷笑。劉書宇看著她，眼前這位像是變成另一個人的女孩。

「哼哼，我是李璇啊！看來催眠真的讓你什麼都忘記了。」小希身體顫動，像發狂似地嘲笑，「你知道嗎，鬼是不會被催眠的！你以為你這樣辜負背叛我，我會這麼簡單就善罷干休嗎？」她激動地說著，憤怒卻掩飾不了她眼角的淚光，「我為你自殺，今天該換你心甘情願地為我死一次了！」李璇大笑，卻又像哽咽的哭聲團團困住奄奄一息的劉書宇。

四、用自以為的小聰明

台北，小巨蛋，亞洲天王全球巡迴演唱會最終站。

一向愛酷愛耍屌的J先生，在演唱會的最高潮，請來了不可思議的催眠師Ace當特別來賓，穿著黑色燕尾服的Ace透過大螢幕，向一樓搖滾區的觀眾施展催眠術，讓上百人排練有素地合力完成了J先生經典歌曲的三部重唱，再一晃眼，只見剛出道還帶著鴨舌帽有點害羞的J先生突然出現在舞台上，與現在的天王巨星J先生來個跨時空對唱，全場觀眾詫異瘋狂，難以置信的奇蹟沸騰了小巨蛋。

慶功宴結束已經是凌晨三點半，渾身酒氣的Ace坐計程車回到家中。他沒有開燈，躡手躡腳地來到熟睡的女兒房間，探望她是不是又踢被了。但他卻看見了蹲在牆角的「它」。驚駭莫名的他必須摀住嘴巴，才能讓自己不要驚呼出聲嚇醒女兒。

「它」是位全身支離破碎、沾滿血汙的年輕女性。她說她叫李璇，在昨天晚上跳樓自殺，她要請他幫一個忙，如果他不答應的話，她會一直跟在他女兒身旁。於是他得到一個計畫，一個地址，一個名字，對象叫作劉書宇。

她要Ace告訴劉書宇，她要回去找他復仇，為了保護他，Ace會對他們催眠，讓他們雙雙忘去彼此之間的過去，然後對劉書宇，除了讓他忘記過去之外，還要偷偷下另外一個暗示——當劉書宇再次看到她時，會無法自拔地瘋狂愛上她，願意為她犧牲自己的一切。

為了女兒，Ace答應了李璇，但他卻萬萬沒想到，當他告訴劉書宇她要回來復仇時，劉書宇竟然毫不畏懼地斷然拒絕他的催眠建議，而催眠術的大忌就是讓目標有所防備，此時劉書宇的心靈像上了重鎖、無法開啟的鐵門，始料未及的他已無法自由進出劉書宇的意識。失去催眠術的他，就跟一般的普通人沒有什麼兩樣。

於是Ace毫不猶豫地屈膝跪下了，打從他二十六歲成名的那一天起，他從來沒有想過自己會有現在這樣的狼狽。低著頭的他拜託劉書宇，請劉書宇救他的寶貝女兒。

扶起Ace，從他口中知道李璇全盤計畫的劉書宇卻仍然不願意被他催眠。

「不是為了你女兒，是為了我自己，讓我們一起演一場戲吧！」劉書宇笑了，燦爛背後卻潛藏著無比苦澀。

五、訴說離開最溫柔的理由

在Ace找上劉書宇之前，李璇過世後第三天。劉書宇獨自來到市郊的一座小廟，香火雖然並非鼎盛，但僻靜清幽，他從小時候就常常隨父母到這間廟宇參拜。正殿供奉的是觀音菩薩，他雙手合十，屈膝長跪，闔眼一跪就是一個多小時。他想起太多與李璇的過去，想起李璇痛心離去的現在，想起他們約定好卻無法實現的未來。

只能讓眼淚滑落又乾，乾又滑落。

「年輕人，你後面跟著一團黑氣你知道嗎？」他背後突然響起聲音，他轉頭，一名蒼老的廟公看著他直搖頭。

廟公說，那是李璇的怨氣，不論他走到哪裡，李璇的怨恨都會如影隨形。自殺者一旦怨氣未消，她就會一直在人世徘迴，忘了時間，而永遠無法投胎。

「解鈴還須繫鈴人。」當劉書宇向廟公求助時，他只留下了這句話，更多都是不住的深沉嘆息。

兩天後，Ace找上劉書宇；再幾天後，劉書宇在忠孝東路上遇見小希。

除了李璇淒厲的笑聲之外，現在滿腦暗黑暈眩的劉書宇還聽見許多聲音。他聽到來往路人的議論紛紛，聽到嘈雜的喇叭聲與煞車聲，聽到肇事駕駛慌亂撥打手機的聲響，聽到遠遠急駛而來的救護車與警車。

他知道自己的生命已經到了最後，他用僅存能動的右手指尖，緩慢地從上衣口袋內拿出兩張信紙。李璇止住了慘笑，她認得第一張信紙上頭的字，是吳欣卉寫的。

「我原本以為，依靠努力就可以獲得世界上的所有東西，但我錯了，有些事物，就像你跟李璇的情感一樣，是無法撼動，也無法取代的。很高興你願意在我陷入糊塗時，答應陪我出來走走，我相信，今天和你見面之後，那些傻事我不會再做了，真正的幸福不必靠別人施捨，你們很幸福，而我也要去尋找自己的幸福。」

李璇呆住了，有些不該發生的衝擊正襲向她奔亂的思緒。

然後是第二張紙，劉書宇用最後一點力氣將它攤開。此時卻突然一個喇叭聲響起，按鳴的長度似乎比平常還要久一點。然後他們耳旁的嘈雜聲音竟然瞬間隨著這聲喇叭一同消失，甚至所有的人車都停止了動作，四周只遺落下大片的安靜。

Ace從遠遠停在路旁的轎車走下，他沉默看著眼前的靜止世界，只剩下劉書宇與李璇的兩人互動。

他無法靜止時間，但他還能夠給他們一點寧靜。李璇的淚眼模糊看著第二張信紙，她幾乎都要聽到自己早已停止的心跳聲。

「親愛的璇，當妳看到這封信時，我想我已經無法言語了，雖然還有很多話想跟妳說，但就像妳所看到的，不管是我們交往的這一年多來，還是這幾十天我們重新的交往，我對妳的愛從來都不曾改變。妳很傻，但妳也很勇敢，謝謝妳為我付出的一切，我曾經答應妳，我們之間不會有祕密，對不起，是我自私了，才讓妳的心這麼痛。這一次，該換我讓妳先走了……」李璇的眼淚潰堤，快要無法閱讀接下的文字——**「下輩子，我們再一起去希臘。」**

劉書宇顫抖地深吸一口氣，他知道這是最後一口了，他想笑，勉強地想要用破碎流血的嘴角牽扯出一絲燦爛。痛哭地無法言語的李璇想要擁抱最後一息的他，雙手卻怎麼都撲了空。然後她身上開始起了一粒粒的光點，緩緩地消抹掉她的身影。他欣慰地看著她，他知道那是天使的光芒。

分離當下，他們看了彼此一眼，淚眼婆娑的最後一眼。

「我等你。」光點消失，氣息停頓。

遠處的Ace擦拭了下眼角，長嘆口氣。

於是眼前世界又恢復了嘈亂的運轉。

後來，在幾次Ace到世界各國電視台節目演出之後，人們漸漸忘記曾經有一位出神入化的催眠師，帶給過世界難以置信的驚奇。

但Ace依然是Ace，幾年後，他帶著老婆女兒，移民到希臘定居。聖托里尼島北端，伊亞，他買下一棟臨海的藍白建築，在接近世界最美夕陽的窗邊放著兩瓶瓷盆，那裡偶爾還看得到彩虹。那都是他過世的朋友，但他並沒有為他們寫上名字，因為他知道，他們未來在世界某個角落，將會擁有另外一個名字，以及更加美好的故事。

如果不愛了
像是遺忘般初生
那你將書寫新的故事
用自以為的小聰明
訴說離開最溫柔的理由

第十七罐 拼圖（番外新篇）

致　那些已完成以及終要被完成的「恐懼罐頭」

一、窺伺

一對青春洋溢的情侶從樓梯嬉鬧而上，在陽光絢爛的午後，他拉著她的手，興奮地像是攫住羚羊的老虎，只是那頭羚羊卻始終笑吟吟地。

他一手拿鑰匙開啟租屋處的大門，一手卻不安分地玩弄她白嫩的臂腿，惹得她一陣笑罵。

然後門打開了，他們像是引火上身的動物，一路從玄關、客廳到房內，緊擁交纏著彼此的身體，但卻每走一步就更加赤裸，然後在那張雙人床上，飢餓的他徹底佔有了她，中間他更一度閉起了眼，細細品嘗腦中滿溢的愉悅，危險的快感。

肆意的肢體太過喧鬧，所以他根本沒注意到那雙躲藏窺伺的眼睛。

二、十年

十年，可以讓一個法學院的大男孩穿上筆挺的西裝領帶，搖身一變成為知名事務所的合夥律師，早就搬離了那間學生時代的便宜租屋，入住這棟精華地段、造型獨特的高檔大樓。他在地下室專屬車位停好上個月剛入手的歐洲進口車，搭乘半透明的電梯直上十五樓。

穿梭燈光明亮的走廊，他與幾個搬家工人擦身而過，最近有住戶要搬進來，在他用指紋開啟大門之前，原本不以為意的他卻看著隔壁門口新鄰居的背影發愣。

「何如好？」他脫口而出，這是一個快十年沒呼喚過的姓名。

她轉頭，美麗的臉龐有錯愕也有驚喜。

「游立碩？」一樣是快十年的陌生。

十年沒見的夜晚，他邀請她到家中敘舊，轉開低喃西洋情歌的廣播，坐在那套米色的皮質沙發，他為她倒了半個玻璃高腳杯的紅酒，讓微醺的嫣紅染上她的臉頰與言談。

她是他大學時代其中的一任女朋友，交往時間一年半說長不長，但他們卻一起經歷了許多事：他們一起養了一隻狗，母的雪納瑞，幫牠取名叫Candy；他到台中參加她奶奶的喪禮，她哭倒在他懷中，那樣的依賴有一瞬間讓他誤以為他們會一直走下去；他們存了好幾個月的錢，到IKEA買了一張對學生來說非常昂貴的雙人床放在租屋處，他們躺在上面，做了不知道幾次的夢，夢到他們長長久久，永遠都是這張雙人床的男女主人。

是的，他並不否認，雖然已經記不清楚自己到底交過幾任女朋友，但當時就讀醫學系的她，是唯一一個讓他有結婚憧憬的對象。

或許是她高䠷亮麗的外表氣質出眾，或許是醫學系高材生的聰明伶俐，又或許他只是習慣了躺在那張雙人床上，凝視著她彷彿千言萬語的眼睛，一眨一眨地要哄他入睡。

然後他接到了那通讓他驚醒的電話。

衣服、牙刷、鞋子……他發現她搬走了租屋處的東西，連Candy也都帶走，沒有留下一點曾經生活過的痕跡，電話中的她語氣平淡而自然，像述說一件日常瑣事，簡簡單單，不帶情感。

「立碩，我想我們並不適合。」她提出分手，他也沒有多說什麼，就像她說的：「我們不知道這一切為何會開始，那何必追問為什麼會結束？」

然後他失去了她所有的音訊，租屋後來搬進了別的女孩，那張雙人床有了新的女主人，他也漸漸開始了新生活——於是距離了十年，像告別一場無法挽回的人生。

現在坐在沙發另一端的她，及肩的長髮，淡淡的妝容，依舊明亮微笑的眼瞳，已是一位氣質出眾的精神科女醫生。

他們用手中的高腳杯互相輕碰了一下，叮噹聲響，不像十年前一切結束地無聲無息。

他們追問著這十年來的一切，試圖聯繫起這段空白。

「後來Candy還好嗎？」他想起了那隻貪吃的小狗。

「嗯，後來……後來出了一點意外，牠過世了。」她淡淡一笑，看起來已經是很久之前的事了，「我把牠埋在陽台的花盆裡，你知道的，牠喜歡曬太陽。」

他也笑了，時間真的是一個很奇妙的東西，如果是十年前的她遇到Candy的死亡，一定會哭得死去活來的，但現在她只是淡淡地敘說，像說著別人的事。

「那妳現在單身嗎？」有點酒意的他問道。

她搖搖頭笑著抿嘴，環視了一下四周他精緻簡約的擺設。

「你不也是單身嗎？」

她放下高腳杯，裡頭的紅酒晃動不已。

三、純情

那天晚上並沒有發生什麼年輕人的衝動，出社會多年的他們反而變得有些拘謹，不過就連他自己也不相信，她喚起了他一些古怪的反應，可以用心動、曖昧、小情小愛之類的詞彙來形容，於是他不由自主地展開了熱烈的追求。

他忘記自己當初是怎麼追到她的，現在的他每天幫她準備親手料理的早餐，接送她到醫院上下班，明明住在隔壁晚上卻還是要講電話聊到深夜，甚至那天晚上她進家門前，在門口印在他唇上香軟的一吻，竟然見鬼地讓他心跳砰砰作響。

「太純情了吧？」他苦笑，伸了個懶腰走回家中。

當天晚上，他們敲定了一次久違的出遊。

四、民宿

星期六，游立碩開著歐洲進口車，載著何如好一路遠離城市的喧囂，他們在傍晚時分抵達這棟宜蘭山區的民宿旅館。

他打開了黑胡桃木的房門，房間是原木的森林風格，落地窗外擺著一排植物盆栽，遠遠看出去，可眺望山下緩緩點亮的燈火。

「哇！好軟哦！」她雀躍地躺在床上，像個調皮的孩子。

他也跟著躺在她身旁，聞著她的髮香，看著她那雙美麗深邃的雙眼，這是十年之前，他最喜歡的視角。

她也看著他，這位已經錯過十年的舊情人，也是她唯一的一位情人。

他們沒有說話。

兩雙眼睛。十年，一瞬間。

然後他的手從她的腳逐漸往上撫摸，像隻尋找蜜糖的螞蟻，把她逗得笑了。

「喂！沒禮貌！」她笑罵，拍掉他的手，「我們準備下去吃晚餐吧，這間民宿的晚餐聽說很棒哦！」

他也笑了：「好好好，吃飽才比較有體力啊！」

她白了他一眼，但依舊滿是笑意。

民宿的餐廳很寬敞，只見老闆娘忙進忙出，長桌上已是滿滿豐盛的料理。

「來來來！請坐！準備可以用餐了喔！」老闆娘大約五十幾歲年紀，親切地招呼他們。

今晚入住的房客陸續就坐，大家一邊享用老闆娘的私房料理，一邊有一搭沒一搭的閒聊。

老闆娘說她原本是台北一家養生會館的按摩師，退休後回到宜蘭老家開了這間民宿，算是圓了年輕時的夢想。

一對中年夫婦話不多，安靜地坐在角落位置用餐；有點禿頭的黃大哥是位計程車司機，黃太太則是家庭主婦，隨身帶個花花綠綠的買菜包。

坐在游立碩對面的男女朋友感覺年紀跟他們相當，也大概三十來歲年紀，男生高高瘦瘦的，手臂線條卻很結實，女生戴著金邊眼鏡，像位精明能幹的女強人，他們都是公務員，最近打算要結婚了。

整場最多話的就是那位獨自出遊的大學生，一頭捲髮配上粗框眼鏡，宅男模樣個性卻相當外放。

「大家好，我叫小湯，玉米濃湯的湯，科科。我是華陽大學建築系的學生，也是推理小說研究社的社長，金田一跟柯南都算是我學長啦，科科。」餐桌上多了他活潑的話語，氣氛也跟著熱絡不少。

游立碩夾起一塊鮪魚生魚片，向何如妤笑道：「來山上吃生魚片？這倒是蠻特別的。」

他沒想到入口的魚肉竟然如雪花般融化，正想要開口稱讚，芥末的辛辣卻先直衝他腦門，嗆得他連眼淚都飆了出來。

何如妤本想要取笑他，卻突然覺得眼前一黑，游立碩變成了兩個搖搖晃晃的黑影。

她手中的筷子鏘鋃掉地，然後是一連串的碰撞聲。

在眼前的世界完全黑暗之前，她殘餘的目光瞄見了眾人一個個也都跟著倒下。

五、切開

游立碩是被痛醒的。

但矛盾的是，強烈的痛楚又幾乎讓他要當場暈死過去。

雖然身體已經痛到麻痺，但他還是可以感覺到有黏稠的液體不斷地從喉嚨流出。

他無法言語，他知道自己的喉嚨被切開了。

事實上，他連維持基本的意識都相當困難。

四周一片漆黑。

「啊！！！」

先是何如妤驚恐的尖叫聲，她撲向倒在床上的游立碩，四周沒有燈光，只有窗外隱約透進的昏暗月光，但已足夠讓她看清楚他的慘狀。

游立碩躺成一個大字形，喉嚨一道深長的傷口不斷湧出鮮血，滿臉冷汗的他努力但微弱地喘著氣，生命像是隨時要崩塌的雪山。

何如妤連忙用床單按壓他的傷口，但她的醫學知識告訴自己，再不快點處理，游立碩一定會死掉。

「誰來幫幫忙啊？」她哭喊。

然後其他人陸續發出聲響，原來老闆娘、黃氏夫婦、高瘦男、眼鏡女生、小湯也都在這個房間內，一個不知道是誰的房間。小湯嘗試開啟電燈，才發現整棟房子的電源似乎都被切斷了，眾人的視線只能依靠窗外的月光。

「現在是什麼狀況？」老闆娘看起來驚恐萬分。

「剛剛所有人好像都暈倒了。」

高瘦男往窗外望，他們依舊是處在這棟民宿內，這是位在三樓的房間，窗戶外有雕花鐵窗。

「是嗎？」小湯走近門旁，拉起門上被鐵鍊緊緊綑綁的金屬大鎖，「這個鎖是從房內上鎖的喔。」

失去電源的漆黑屋內，莫名其妙被迷昏的眾人，床上躺著的重傷者，崩潰求救的哭聲，被反鎖的房間，這樣的狀況下小湯竟然還笑得出來，甚至還是那種興奮的笑容。

「是反鎖的耶！這代表……」小湯掃了一下眾人惶恐的神情，「凶手就在我們之中啊！」

「到底在搞什麼啦！亂七八糟！」少話的黃大哥不耐煩地皺眉。

「你們有沒有聽過殺手遊戲？還是有看過之前那部很夯的電視劇《天黑請閉

眼》？」小湯越說越興奮，「簡單來說，就是一群人裡面躲著一個殺手，殺手殺了人之後依然躲在這群人裡面，大家要想辦法把他找出來，否則會一直被殺掉喔，科科。」

驚慌的月光下眾人面面相覷，實在無法想像一次普通的出遊怎麼會變成現在這樣。

「拜託不要再講什麼遊戲好嗎？可以先救救我朋友嗎？」何如妤崩潰哭喊。

「唉！不要急啦！你以為我們不想嗎？你們找看看身上，有人的手機還在嗎？我自己原本放在口袋的手機不知道被拿去哪裡了，我想你們也是一樣吧。」小湯得意地說著，「殺手才沒有那麼笨呢！」

眾人翻找了一下，的確沒有人找到手機。

「所以我們沒有手機可以對外聯絡，房間的這個鎖又鎖得這麼堅固，我們哪有辦法幫你朋友啊，我看還是……」小湯話說到一半，卻被高瘦男打斷。

「我的槍不見了。」高瘦男突然冷冷地說了這句話。

頓時連小湯都安靜下來，只剩下眾人小心翼翼的呼吸聲。

「什麼？你說什麼槍？」小湯搔搔頭。

「抱歉，我不是一般的公務員。」高瘦男的眼神突然變得異常銳利，「我是警察。」

然後他走到黃大哥面前，緊盯著黃大哥。

「吳忠雄。」

黃大哥臉色鐵青，一言不發。

一旁的黃太太看起來更加驚恐。

「我追查你的案子好幾年了，十七年前三人結夥持槍殺害台中富商的案件，你就是在逃的二名共犯之一吧。」高瘦男邊注意著黃大哥的一舉一動，邊繼續說著，「其實我跟蹤你很久了，這次來宜蘭就是要把你帶回去。」

「不要動！」黃太太突然大叫，竟從她花花綠綠的買菜包掏出一把銀亮的手槍，槍口正指著高瘦男。

高瘦男錯愕，他一直緊盯著黃大哥，沒想到這個家庭主婦竟然會來這一招。

「槍不是我拿的，但我剛剛發現不知道是誰把槍放在我的包包裡。」黃太太握槍的手因緊張而發抖，「你們警察為什麼要這樣苦苦糾纏？已經那麼多年前的事情了，我老公後來都乖乖開計程車養家，也沒有再做什麼犯法的事了，為什麼你還要這樣逼我們！」

黃太太越說越激動，彷彿隨時要從槍口迸出子彈一般。

「等等！等等！」小湯雙手半舉走近他們，示意自己並沒有任何的威脅性，「黃太太妳先冷靜一下，先不要想那麼遠，我們現在連凶手是誰、我們能不能活著出去都不知道，先不用急著討論警察要不要抓妳老公這件事吧？這樣會惹得凶手不開心喔！」

他依舊是那副躍躍欲……試的笑容：「小弟我剛好是推理小說研究社的社長，就讓我來打頭陣，分析一下現在的狀況好了。」

「首先。」他指向焦急的何如好，「妳是頭號嫌疑犯，理由很簡單，目前唯一的傷者是妳朋友，妳是唯一跟他有利害關係的人，現在他被搞得快死了，妳最有殺害他的動機。」

何如好搖搖頭，不斷流下心急的眼淚，但也沒有人分得清楚眼淚的真假。

「再來。」小湯轉向老闆娘，「妳的嫌疑也超大，我們是吃晚餐時被下藥昏迷的，晚餐不就是妳煮的嗎？還有」他拿起櫃子上的照片，昏暗的月光中依稀可見照片裡年輕時候的老闆娘，「這裡是妳的房間吧？是不是妳把我們抓進來的？」

驚嚇過度的老闆娘呆呆地看著那張照片出神。

「還有。」小湯看著黃大哥與黃太太，「不好意思，只是假設，假設一下，

黃太太妳不要太激動。你們的嫌疑其實也很重，因為光是逃犯這點就很可怕了，你們是不是發現了他的警察身分所以拿走他的槍？其實我們也不能確定。」

「不是！槍真的不是我拿的！」黃太太咬牙，扣板機的手指彷彿按得更緊了。

「好好好！我相信妳，妳先放輕鬆。」小湯望向高瘦男及眼鏡女生，「不要以為你說你是警察就完全沒有嫌疑，你看黃太太手上的那把槍，我聽說警政署前幾年有汰換一批警槍，當然廠牌型號什麼的我沒有研究，但警槍都是黑色的吧？我沒看過警察配過銀色的警槍啊？這把看起來比較像改造槍枝吧？」

沒錯，黃太太手上是把銀色的手槍，外型與一般員警配帶的警槍有些差異，關於這點高瘦男並沒有反駁的意思。

「我猜你現在也拿不出什麼證件證明吧？」小湯繼續說著，「所以如果你不是警察，那你帶槍來旅行做什麼？你揭發黃大哥的底細有什麼目的？跟十七年前的持槍殺人案有關嗎？你們這對男女朋友又是一夥的，感覺也都是很可疑啊！」

眾人聽了他的推論，不禁看了看身旁的人，感覺兇手似乎離自己越來越近了。

「放心，很公平的。」小湯大笑，「我自己也很可疑啊，光自己一個人來旅行住宿這點就夠怪的了，遇到這種狀況還這麼興奮，何況現在場景還是《天黑請閉眼》中我最愛的橋段，看起來根本就超像我自導自演的啦！哈哈哈！」

眾人卻笑不出來，更不覺得有什麼好笑的。

「只是我真的猜不透，凶手要嘛就直接幹掉我們，為什麼要跟我們玩遊戲呢？我們彼此無冤無仇，跟我們玩這個遊戲有什麼趣味性嗎？還是凶手就是純粹的變態殺人魔？」小湯開始自言自語，並在房內踱步思考。

「把槍先給我。」黃大哥拍了拍黃太太緊繃的肩膀，低聲道。

緊張的黃太太連呼吸都很急促，在黃大哥的安撫下，總算放下了指著高瘦男的槍口。

「**砰！**」

黃太太竟然朝著黃大哥的額頭開槍。

黃大哥的額頭多了一個十元硬幣大小的血洞。

然後老闆娘不知道從哪裡搬出一個大花瓶朝高瘦男的頭上砸落。

高瘦男頭破血流的同時，小湯急忙從褲子腰後拿出一把黑色警槍，朝向眼鏡女生開槍。

因為眼鏡女生手中也多了一把黑色警槍，同樣對著小湯射擊。

槍聲大作，昏暗的房內一閃一滅著槍火。

坐在床上的何如妤抱著生命垂危的游立碩，安安靜靜地看著這一切突然其來的衝突。

六、舊情人

（倒轉）

游立碩打開了黑胡桃木的房門，房間是原木的森林風格，落地窗外擺著一排植物盆栽，遠遠眺望山下緩緩點亮的燈火。

「哇！好軟哦！」何如妤雀躍地躺在床上，像個調皮的孩子。

他也跟著躺在她身旁，聞著她的髮香，看著她那雙美麗深邃的雙眼，這是十年之前，他最喜歡的視角。

她也看著他，這位已經錯過十年的舊情人，也是她唯一的一位情人。

他們沒有說話。

兩雙眼睛。十年，一瞬間。

十年前的景象都湧上她的腦海。

那天她特別早回到租屋處，她平常是不會翹課或請假的，但那天她實在忍不住生理痛，原本下午的滿堂課她請假了，躺在那張雙人床上休息。

睡夢中她聽到外頭奇怪的聲響，是游立碩的聲音，以及另外一名女子的嬉笑聲。

一瞬之間她理解了發生什麼事，但她卻無法理解自己接下來的反應，她立刻起身，將棉被鋪平，將自己的包包、外套收進櫃子裡，然後她也躲進櫃子內，佯裝成她還沒回來的模樣，她竟然跟他玩起了捉迷藏。

她從衣櫃的縫隙看著他赤裸地佔有那個女孩，在他們一起挑選的雙人床上，看著劈腿背叛自己的游立碩，她卻是一點憤怒難過的感覺都沒有，她選擇安安靜靜地觀察他，原本如此熟悉的他，現在卻成為一位陌生疏遠的表演者，展示出人心最脆弱的一部分。

而她知道，自己將從此時此刻開始變得與眾不同。

躺在民宿柔軟床上的游立碩，看著何如好美麗又深邃的眼瞳，卻感覺自己一寸一寸地陷溺進去，像踏進一個無底的黑洞，不斷墜落的過程中，他先是喪失了肢體的活動力，然後是嗅覺、觸覺、聽覺、視覺……一點一滴，他的眼睛一眨也不眨，只能癡癡地凝望著她，卻絲毫無法抵抗全身感覺逐漸被剝奪。

她坐起身子，微笑地看著他。

「立碩，你知道嗎？」她輕撫著他僵硬的臉龐，「跟你分手之後，我迷上了系上的解剖課。」

她看著他始終闔不上的眼睛，開始了一段埋葬十年的獨白——**我們人就像罐頭一樣，沒有把他打開看看，你永遠不知道裡頭裝的是什麼味道**。就像你一樣，我原本以為自己已經很了解你，但後來事實證明了，你在我面前依舊戴著面具，我始終猜不透你真正的模樣。

所以我解剖青蛙，解剖兔子，解剖死人，甚至解剖小狗……對，就是Candy，我原本以為你有留下什麼東西給我，結果沒有，裡頭空蕩蕩的什麼都沒有。

游立碩的眼睛依舊一眨也不眨，但紅色的血絲越來越多，何如妤也不管他有沒有聽到，只自顧自地往下說。

「所以我幫它們加了一些東西進去，賦予他們全新而豐富的內在意義。我放過泡麵、放過衛生棉、放過行動電話等等。它們不再是某種爬蟲類或哺乳類的屍體，它們可能變成了偷吃泡麵的青蛙、少女心兔子、或者小狗造型的手機套之類的，多麼有想像力啊。可惜我不能解剖活人，因為那是犯法的，不然我一定可以救起一些爛透的人。所以我學了催眠。**你知道嗎？人被催眠之後，你的人格就會被打了開來，像是一把無形的手術刀，切展出你原始的本性。但裡頭實在太空虛**

了，我們人類擁有如此完美的身體，卻只被一個靈魂支配，實在是太浪費了。」

她深深嘆了口氣，溫柔地摸著他的頭髮。

「我愛你，跟十年前一樣愛你。」她吻上他的唇，像兩瓣有毒的鮮花，「我幫你加點東西進去，把你變得更美，好嗎？」

她誠懇地望著他，像是求婚般慎重。

「你有聽過精神分裂症嗎？那其實是一個錯誤的名詞。」

她的眼睛持續盯著他，一眨也不眨。

「**我們人誕生下來，本來就該是支離破碎的。**」

她從包包拿出一把鋒利的手術刀，一刀割開了他的喉嚨。

他活生生地承受著，卻是死亡般地寂靜。

鮮血湧出，他的視線終於從黑暗中漸漸開展——

以各式各樣，奇奇怪怪的角度，甚至從好幾雙眼睛同時看出去。

七、臉孔

民宿森林風的原木房間內，只有何如好與游碩立兩個人。

只見躺在床上呈大字形的游碩立，喉嚨傷口不斷流出鮮血，**但他的表情卻是**

又哭又笑，又是憤怒又是緊張，又是害怕又是雀躍，彷彿同時擁有一百張臉孔一般。

何如妤則是安安靜靜地坐在床沿微笑，像看著一幅花了許久時間努力完成的拼圖作品。

「你們要加油哦！這個身體快死掉了，先搶先贏哦！」

（全書完）

【後記】被恐懼豢養

無法解釋，我第一個恐懼的對象是菜市場。

打從我有記憶以來，在那個還在牙牙學語的稚幼，房間外面變成了一座喧鬧的菜市場，每每都是驚醒我的惡夢。

時至今日，我不清楚當時害怕的原因是什麼，但歷歷在目的是那些真實具體的情緒。

後來有一陣子我害怕那些貌似飄盪在身後、床底、衣櫃、浴室或是棉被之外的鬼魅，讓支離片段的故事幫它們畫上模糊的臉孔——不用太清楚沒關係，反正我從來都不敢正眼看它們。

再更後來，幾經社會人群的碰觸之後，我才發現最可怕的是人與人之間的情感，譬如說躲在笑臉裡的邪惡、難以置信的背叛，又或者是扎心的生離死別，那些我們曾經如此珍惜的美好事物，我們多麼害怕它一瞬間化為烏有。

於是我們的一生成為了與恐懼追逐的過程，那些害怕的事物或許發生或許沒有發生，但都不影響時間持續往前推動：我們經歷，我們承受，我們需要。

「恐懼」與「罐頭」，當初是老婆靈光一動的點子，把這兩件顯得封閉、私密、相容的事物連結起來，然後從二〇一三年八月開始一直到現在，我在忙碌生活的夾縫裡，用文字填充出一個個恐懼罐頭，當然文字只是最表面的形容，每個罐頭的靈魂應該還是作者與讀者共同的想像力——你相信什麼，跟你不相信什麼都沒關係，請讓我們假設它存在，就像它也假設我們存在一樣。

我是位幸運的創作者，在業餘的狀態下已經出版了十幾本書，而這次《恐懼罐頭》更是獲得改拍電影、重新出版的機會，其實寫小說的人野心沒有那麼大，只是希望自己的故事能讓更多人看見，被記得更久一點，如此而已。

感謝老婆泡泡、女兒小玉米以及兒子小饅頭，你們都是我一生追求的美好。感謝奇幻基地，讓《恐懼罐頭》有了嶄新的面貌，更感謝願意翻閱這本書的你，我無以回報，只能在這本書的最後放了一個番外篇《拼圖》，我把已經完成的、終究會完成的恐懼罐頭篇名放了進去，它們期待被拼湊出來，作為我這段創作過程的特殊紀念。

不帶劍，二〇一七年初冬

奇幻基地書籍目錄

http://www.ffoundation.com.tw/

BEST 嚴選

書　號	書　　名	作　　者	定價
1HB004C	諸神之城：伊嵐翠（十周年紀念典藏限量精裝版）	布蘭登．山德森	520
1HB004Y	諸神之城：伊嵐翠（十周年紀念全新修訂版）	布蘭登．山德森	520
1HB009	最後理論	馬克．艾伯特	320
1HB013	刺客正傳1：刺客學徒（經典紀念版）	羅蘋．荷布	299
1HB014	刺客正傳2：皇家刺客（上）(經典紀念版）	羅蘋．荷布	320
1HB015	刺客正傳2：皇家刺客（下）(經典紀念版）	羅蘋．荷布	320
1HB016	刺客正傳3：刺客任務（上）(經典紀念版）	羅蘋．荷布	360
1HB017	刺客正傳3：刺客任務（下）(經典紀念版）	羅蘋．荷布	360
1HB018	2012：失落的預言	麥利歐．瑞汀	320
1HB019	迷霧之子首部曲：最後帝國	布蘭登．山德森	380
1HB020	迷霧之子二部曲：昇華之井	布蘭登．山德森	399
1HB021	迷霧之子終部曲：永世英雄	布蘭登．山德森	399
1HB025	方舟浩劫	伯伊德．莫理森	320
1HB027	血色塔羅	尼克．史東	380
1HB028	最後理論2：科學之子	馬克．艾伯特	320
1HB029	星期一，我不殺人	尚—巴提斯特．德斯特摩	320
1HB030	懸案密碼：籠裡的女人	猶希．阿德勒．歐爾森	320
1HB031	迷霧之子番外篇：執法鎔金	布蘭登．山德森	320
1HB032	2012：降世的預言	麥利歐．瑞汀	320
1HB034	颶光典籍首部曲：王者之路（上）	布蘭登．山德森	499
1HB035	颶光典籍首部曲：王者之路（下）	布蘭登．山德森	499
1HB036	懸案密碼2：雉雞殺手	猶希．阿德勒．歐爾森	320
1HB037	末日之旅．上冊	加斯汀．柯羅寧	399
1HB038	末日之旅．下冊	加斯汀．柯羅寧	399
1HB039	懸案密碼3：瓶中信	猶希．阿德勒．歐爾森	380
1HB040	刀光錢影：戰龍之途	丹尼爾．艾伯罕	380
1HB041	懸案密碼4：第64號病歷	猶希．阿德勒．歐爾森	380
1HB042	皇帝魂：布蘭登．山德森精選集	布蘭登．山德森	320
1HB043	第一法則首部曲：劍刃自身	喬．艾伯康比	380
1HB044	第一法則二部曲：絞刑之前	喬．艾伯康比	380
1HB045	第一法則終部曲：最後手段	喬．艾伯康比	450
1HB046	刀光錢影2：國王之血	丹尼爾．艾伯罕	380
1HB047	末日之旅2：十二魔．上冊	加斯汀．柯羅寧	380
1HB048	末日之旅2：十二魔．下冊	加斯汀．柯羅寧	380

書　號	書　　　　名	作　　　者	定價
1HB049	陣學師：亞米帝斯學院	布蘭登．山德森	320
1HB050	太和計畫	馬克．艾伯特	360
1HB051	刀光錢影 3：暴君諭令	丹尼爾．艾伯罕	380
1HB052	血戰英雄	喬．艾伯康比	420
1HB053	審判者傳奇：鋼鐵心	布蘭登．山德森	320
1HB054	懸案密碼 5：尋人啟事	猶希．阿德勒．歐爾森	380
1HB055	北方大道．上冊	彼德．漢彌頓	420
1HB056	北方大道．下冊	彼德．漢彌頓	420
1HB057	刺客後傳 1：弄臣任務（上）（經典紀念版）	羅蘋．荷布	360
1HB058	刺客後傳 1：弄臣任務（下）（經典紀念版）	羅蘋．荷布	360
1HB059	刺客後傳 2：黃金弄臣（上）（經典紀念版）	羅蘋．荷布	360
1HB060	刺客後傳 2：黃金弄臣（下）（經典紀念版）	羅蘋．荷布	360
1HB061	刺客後傳 3：弄臣命運（上）（經典紀念版）	羅蘋．荷布	450
1HB062	刺客後傳 3：弄臣命運（下）（經典紀念版）	羅蘋．荷布	450
1HB063	血歌首部曲：黯影之子．上	安東尼．雷恩	特價 199
1HB064	血歌首部曲：黯影之子．下	安東尼．雷恩	380
1HB065	貝爾曼的幽靈	黛安．賽特菲爾德	350
1HB066C	無盡之劍（限量精裝版）	布蘭登．山德森	360
1HB067	刀光錢影 4：寡婦之翼	丹尼爾．艾伯罕	380
1HB068	異星記	休豪伊	340
1HB069	血歌二部曲：高塔領主（上）	安東尼．雷恩	380
1HB070	血歌二部曲：高塔領主（下）	安東尼．雷恩	380
1HB071	亞特蘭提斯．基因（亞特蘭提斯進化首部曲）	傑瑞．李鐸	399
1HB072	亞特蘭提斯．瘟疫（亞特蘭提斯進化二部曲）	傑瑞．李鐸	399
1HB073	亞特蘭提斯．新世界（亞特蘭提斯進化終部曲）	傑瑞．李鐸	399
1HB074	審判者傳奇 2 熾焰	布蘭登．山德森	360
1HB075	血歌終部曲：火焰女王（上）	安東尼．雷恩	420
1HB076	血歌終部曲：火焰女王（下）	安東尼．雷恩	420
1HB077	永恆守望	大衛．拉米瑞茲	399
1HB078	EPIC 史詩奇幻：英雄之心	約翰．喬瑟夫．亞當斯	480
1HB079	颶光典籍二部曲：燦軍箴言（上）	布蘭登．山德森	550
1HB080	颶光典籍二部曲：燦軍箴言（下）	布蘭登．山德森	550
1HB081	變態療法	道格拉斯．理查茲	360
1HB082	字母之家	猶希．阿德勒．歐爾森	450
1HB083	刺客系列〈蜚滋與弄臣 1〉弄臣刺客（上）	羅蘋．荷布	499
1HB084	刺客系列〈蜚滋與弄臣 1〉弄臣刺客（下）	羅蘋．荷布	499
1HB085	懸案密碼 6：血色獻祭	猶希．阿德勒．歐爾森	450
1HB086	妹妹的墳墓	羅伯．杜格尼	380
1HB087	刀光錢影 5：蜘蛛戰爭（完結篇）	丹尼爾．艾伯罕	450
1HB088	審判者傳奇 3 禍星（完結篇）	布蘭登．山德森	360
1HB089	刺客系列〈蜚滋與弄臣 2〉弄臣遠征（上）	羅蘋．荷布	550

書　號	書　　名	作　　者	定價
1HB090	刺客系列〈蜚滋與弄臣 2〉弄臣遠征（下）	羅蘋．荷布	550
1HB091	末日之旅 3 鏡之城．上	加斯汀．克羅寧	450
1HB092	末日之旅 3 鏡之城．下（完結篇）	加斯汀．克羅寧	450
1HB093	軍團（布蘭登．山德森短篇精選集 II）	布蘭登．山德森	380
1HB095	刺客系列〈蜚滋與弄臣 3〉刺客命運（上）	羅蘋．荷布	699
1HB096	刺客系列〈蜚滋與弄臣 3〉刺客命運（下）	羅蘋．荷布	699
1HB097	被遺忘的男孩	伊莎．西格朵蒂	380
1HB099	失蹤	卡洛琳．艾瑞克森	380

少年魔法城

書　號	書　　名	作　　者	定價
1HY006	奇幻小百科：勇者鬥怪物教戰手冊	周錫	180
1HY007	奇幻小百科：奇幻冒險夢幻隊伍	黃美文	180
1HY008	奇幻小百科：中世紀城主你來當	米爾汀	180

境外之城

書　號	書　　名	作　　者	定價
1HO003	天觀雙俠．卷一	鄭丰（陳宇慧）	250
1HO004	天觀雙俠．卷二	鄭丰（陳宇慧）	250
1HO005	天觀雙俠．卷三	鄭丰（陳宇慧）	250
1HO006	天觀雙俠．卷四（完）	鄭丰（陳宇慧）	250
1HO018	筆靈 1：生事如轉蓬	馬伯庸	199
1HO019	筆靈 2：萬事皆波瀾	馬伯庸	240
1HO020	靈劍．卷一	鄭丰（陳宇慧）	250
1HO021	靈劍．卷二	鄭丰（陳宇慧）	250
1HO022	靈劍．卷三（完）	鄭丰（陳宇慧）	250
1HO023	筆靈 3：沉憂亂縱橫	馬伯庸	240
1HO024	筆靈 4：蒼穹浩茫茫	馬伯庸	240
1HO025	神偷天下．卷一	鄭丰（陳宇慧）	250
1HO026	神偷天下．卷二	鄭丰（陳宇慧）	250
1HO027	神偷天下．卷三（完）	鄭丰（陳宇慧）	250
1HO028	五大賊王 1：落馬青雲	張海帆（老夜）	280
1HO029	五大賊王 2：火門三關	張海帆（老夜）	280
1HO030	五大賊王 3：淨火修練	張海帆（老夜）	280
1HO031	五大賊王 4：地宮盜鼎	張海帆（老夜）	280
1HO032	五大賊王 5：身世謎圖	張海帆（老夜）	280
1HO033	五大賊王 6：逆血羅剎	張海帆（老夜）	280
1HO034	五大賊王 7（上）：五行合縱	張海帆（老夜）	280
1HO035	五大賊王 7（下）（終）：五行合縱	張海帆（老夜）	280
1HO036	三國機密（上）：龍難日	馬伯庸	320

1HO037	三國機密（下）：潛龍在淵	馬伯庸	320
1HO038	奇峰異石傳．卷一	鄭丰（陳宇慧）	250
1HO039	奇峰異石傳．卷二	鄭丰（陳宇慧）	250
1HO040	奇峰異石傳．卷三（完）	鄭丰（陳宇慧）	250
1HO041	風起隴西（第一部）：漢中十一天	馬伯庸	280
1HO042	風起隴西（第二部）（終）：秦嶺的忠誠	馬伯庸	240
1HO043	西遊祕史 1：大唐泥梨獄	陳漸	300
1HO044	西遊祕史 2：西域列王紀	陳漸	320
1HO045	都市傳說 1：一個人的捉迷藏	笭菁	250
1HO046	都市傳說 2：紅衣小女孩	笭菁	250
1HO047	都市傳說 3：樓下的男人	笭菁	250
1HO048	雙併公寓	張苡蔚	250
1HO049	都市傳說 4：第十三個書架	笭菁	260
1HO050	都市傳說 5：裂嘴女	笭菁	260
1HO051	都市傳說 6：試衣間的暗門	笭菁	260
1HO052X	生死谷．卷一（彩紋墨韻書衣版）	鄭丰（陳宇慧）	300
1HO053X	生死谷．卷二（彩紋墨韻書衣版）	鄭丰（陳宇慧）	300
1HO054X	生死谷．卷三（彩紋墨韻書衣版）（最終卷）	鄭丰（陳宇慧）	300
1HO055	都市傳說 7：瑪麗的電話	笭菁	260
1HO056	都市傳說 8：聖誕老人	笭菁	280
1HO057	殭屍樂園解壓塗繪本	盧塞里諾	320
1HO058X	古董局中局（新版）	馬伯庸	350
1HO059	古董局中局 2：清明上河圖之謎	馬伯庸	350
1HO060	古董局中局 3：掠寶清單	馬伯庸	350
1HO061	古董局中局 4(終)：大結局	馬伯庸	420
1HO062	都市傳說 9：隙間女	笭菁	280
1HO063	都市傳說 10：消失的房間	笭菁	280
1HO064	都市傳說 11：血腥瑪麗	笭菁	280
1HO066	都市傳說 12（第一部完）：如月車站	笭菁	280
1HO067G	樂瘋桌遊！趣味無極限、經典暢銷必玩 30 款奇幻桌遊冒險！	愛樂事編輯部&賴打	599
1HO068	都市傳說第二部 1：廁所裡的花子	笭菁	300
1HO069	都市傳說第二部 2：被詛咒的廣告	笭菁	280
1HO070	巫王志．卷一	鄭丰	320
1HO071	巫王志．卷二	鄭丰	320
1HO072	巫王志．卷三	鄭丰	320
1HO073	都市傳說第二部 3：幽靈船	笭菁	280
1HO074	恐懼罐頭（全新電影書封版）	不帶劍	350

聖典

書　號	書　　　名	作　　　者	定價
1HR009X	武器屋（全新封面）	Truth in Fantasy 編輯部	420
1HR014X	武器事典（全新封面）	市川定春	420
1HR026C	惡魔事典（精裝典藏版）	山北篤等	480
1HR028C	怪物大全（精裝）	健部伸明	特價 999
1HR031	幻獸事典（精裝）	草野巧	特價 499
1HR032	圖解稱霸世界的戰術——歷史上的 17 個天才戰術分析	中里融司	320
1HR033C	地獄事典（精裝）	草野巧	420
1HR034C	幻想地名事典（精裝）	山北篤	750
1HR035C	城堡事典（精裝）	池上正太	399
1HR036C	三國志戰役事典（精裝）	藤井勝彥	420
1HR037C	歐洲中世紀武術大全（精裝）	長田龍太	750
1HR038C	戰士事典（精裝）	市川定春、怪兵隊	420
1HR039C	凱爾特神話（精裝）	池上正太	540
1HR040	日本超人氣繪師×魔女·魔法少女圖鑑	Sideranch	450
1HR041C	暢銷奇幻大師的英雄寫作指導課（精裝）	布蘭登·山德森等人	399

城邦文化奇幻基地出版社

Fantasy Foundation Publications

http://www.ffoundation.com.tw；https://www.facebook.com/ffoundation/

TEL：02-25007008 FAX：02-25027676

境外之城 074Y
恐懼罐頭（電視戲劇書衣版）

作　　者／不帶劍
企畫選書人／張世國
責任編輯／宋鳳蓮、王雪莉
版權行政暨數位業務專員／陳玉鈴
資深版權專員／許儀盈
行銷企畫／陳姿億
行銷業務經理／李振東
副總編輯／王雪莉
發行人／何飛鵬
法律顧問／元禾法律事務所　王子文律師
出版／奇幻基地出版
城邦文化事業股份有限公司
台北市 104 民生東路二段 141 號 8 樓
電話：(02)25007008　傳眞：(02)25027676
網址：www.ffoundation.com.tw
e-mail：ffoundation@cite.com.tw
發行／英屬蓋曼群島商家庭傳媒股份有限公司城邦分公司
台北市 104 民生東路二段 141 號11 樓
書虫客服服務專線：(02)25007718・(02)25007719
24 小時傳眞服務：(02)25170999・(02)25001991
服務時間：週一至週五09:30-12:00・13:30-17:00
郵撥帳號：19863813　戶名：書虫股份有限公司
讀者服務信箱 E-mail：service@readingclub.com.tw
歡迎光臨城邦讀書花園 網址：www.cite.com.tw
香港發行所／城邦（香港）出版集團有限公司
香港灣仔駱克道 193 號東超商業中心 1 樓
電話：(852) 2508-6231 傳眞：(852) 2578-9337
馬新發行所／城邦（馬新）出版集團
【Cite(M)Sdn. Bhd.(458372U)】
11, Jalan 30D/146, Desa Tasik,
Sungai Besi, 57000 Kuala Lumpur, Malaysia.
電話：(603) 90578822　傳眞：(603) 90576622

封面設計／蔡佩紋
排　　版／極翔企業有限公司
印　　刷／高典印刷有限公司
■2020 年（民 109）1 月 30 日二版初刷

售價／350 元

國家圖書館出版品預行編目資料

恐懼罐頭 / 不帶劍作. -- 初版. -- 臺北市：奇幻基地, 城邦文化出版：家庭傳媒城邦分公司發行, 民 106.12
面；　公分
ISBN 978-986-95634-4-4（平裝）

857.7　　106020540

ISBN 978-986-95634-4-4
EAN 471-770-209-975-6

Printed in Taiwan.

城邦讀書花園
www.cite.com.tw

廣　告　回　函
北區郵政管理登記證
台北廣字第000791號
郵資已付，免貼郵票

104台北市民生東路二段141號11樓

英屬蓋曼群島商家庭傳媒股份有限公司城邦分公司 收

請沿虛線對摺，謝謝

每個人都有一本奇幻文學的啓蒙書

奇幻基地官網：http://www.ffoundation.com.tw
奇幻基地粉絲團：http://www.facebook.com/ffoundation

書號：**1HO074Y**　　　書名：恐懼罐頭（電視戲劇書衣版）

請於此處用膠水黏貼

讀者回函卡

謝謝您購買我們出版的書籍！請費心填寫此回函卡，我們將不定期寄上城邦集團最新的出版訊息。

姓名：＿＿＿＿＿＿＿＿＿＿＿＿＿＿ 性別：□男 □女

生日：西元＿＿＿＿＿＿年＿＿＿＿＿＿月＿＿＿＿＿＿日

地址：＿＿＿＿＿＿＿＿＿＿＿＿＿＿

聯絡電話：＿＿＿＿＿＿＿＿＿＿傳真：＿＿＿＿＿＿＿＿＿＿

E-mail ：＿＿＿＿＿＿＿＿＿＿＿＿＿＿

學歷：□ 1.小學 □2.國中 □3.高中 □4.大專 □5.研究所以上

職業：□ 1.學生 □2.軍公教 □3.服務 □4.金融 □5.製造 □6.資訊

□7.傳播 □8.自由業 □9.農漁牧 □10.家管 □11.退休

□ 12.其他＿＿＿＿＿＿＿＿＿＿＿＿＿＿

您從何種方式得知本書消息？

□ 1.書店 □2.網路 □3.報紙 □4.雜誌 □5.廣播 □6.電視

□7.親友推薦 □8.其他＿＿＿＿＿＿＿＿＿＿

您通常以何種方式購書？

□ 1.書店 □2.網路 □3.傳真訂購 □4.郵局劃撥 □5.其他

您購買本書的原因是（單選）

□ 1.封面吸引人 □2.內容豐富 □3.價格合理

您喜歡以下哪一種類型的書籍？（可複選）

□ 1.科幻 □2.魔法奇幻 □3.恐怖 □4.偵探推理

□5.實用類型工具書籍

為提供訂購、行銷、客戶管理或其他合於營業登記項目或章程所定業務之目的，英屬蓋曼群島商家庭傳媒（股）公司城邦分公司，於本集團之營運期間及地區內，將以電郵、傳真、電話、簡訊、郵寄或其他公告方式利用您提供之資料（資料類別：C001、C002、C003、C011等）。利用對象除本集團外，亦可能包括相關服務的協力機構。如您有依個資法第三條或其他需服務之處，得致電本公司客服中心電話 (02)25007718請求協助。相關資料如為非必要項目，不提供亦不影響您的權益。

1. C001辨識個人者：如消費者之姓名、地址、電話、電子郵件等資訊。
2. C002辨識財務者：如信用卡或轉帳帳戶資訊。
3. C003政府資料中之辨識者：如身分證字號或護照號碼（外國人）。
4. C011個人描述：如性別、國籍、出生年月日。

對我們的建議：＿＿＿＿＿＿＿＿＿＿＿＿＿＿

＿＿＿＿＿＿＿＿＿＿＿＿＿＿

＿＿＿＿＿＿＿＿＿＿＿＿＿＿

請於此處用膠水黏貼